主编　唐然

长沙旧事

人民邮电出版社
北京

卷首语

人生在世，总是忍不住不停地回头去看，看看那些我们曾经待过的地方，看看那些曾经经历过的人和事。作为“后沙”系列图书的第一本，我们愿意先回过头去，看看我们曾经存在过、现在已远去的那些年代，用那些生命中的“旧事”来作一个开头。我们在丽江六合门的精致雕刻中，体会纳西族人的审美诉求；在“记忆照相簿”的老照片中，回味过去岁月里人们对飞翔的炽热期待。这些内容不是很“新鲜”，且一点儿也不“前沿”，但是里面有我们“过去的”自己。这些“旧事”或许可以提供一种全新的视野，帮助我们重新认识身边发生过的历史，积累更多的经验去思考我们的未来、民族的未来及中华文明的未来。

目录

光义街官院巷仁和院

光义街光碧巷29号院

旧事

主编 唐然

六合门

文 / 图　张愉

我自幼生活在丽江古城，祖屋建于清末光绪年间，迄今已有一百多年的历史。从我记事开始，家中精工雕刻的堂屋六合门一直伴随着我在这个迅猛变革的社会中成长。近些年来，随着人们生活水平及审美需求的不断改变，以及丽江旅游热潮的不断升温，传统手工精制的六合门不断被简易雕刻的机制木雕取代，或是直接被其他形式的门窗所取代。与此同时，随着老一辈雕刻工匠逐渐去世，师承的消失加剧了工艺的失传。作为民居建筑中最能彰显主人审美情调和家庭财力的六合门，已渐渐从人们的视野中消失 。

文明社区
建設新農村共謀宏偉藍圖

名称由来

丽江古城的民居建筑是纳西族建筑艺术和建筑风格的集中体现。它是在纳西族原始的井干式木楞房形式的基础上，吸收、融汇了汉、白、藏等民族建筑的一些特点而形成的合院式建筑。在这些建筑中，无论哪一坊房屋底层明间面对天井的一面，两侧抱柱坊之间都为三组六扇雕饰精细的隔扇门，在丽江本地被称为“六合门”。本地纳西语称为“堂屋空”或“置空”。

丽江六合门的形制何时形成、何地引入已不可考。对于“六合门”称谓的含义，在学术上还没有确切的解释，而民间的说法也无统一定论，大致上可以归纳为两层含义：(1)六合门为六扇可开合的门扇，故名六合门。(2)六扇门左右外侧的两扇格心最常见的雕刻内容为象征吉祥的马鹿和仙鹤，同时代表春天的季节，称为“鹿鹤同春”，根据谐音有“六合同春”的隐喻，除此之外还有“六合天地”之意。“六合”在中国传统文化中代表上下和东西南北四方，即天地四方，泛指天下或宇宙。同时，“六合”还泛指相关的。

曼展与六合门

以天井为中心来组织平面是丽江传统民居建筑的一个重要特点。不管何种平面类型，都有一个近似正方形的大天井，天井内或置盆景，或种花卉。除了宽大的天井外，家家都有宽大的厦（读音：shā ）子。厦子即外廊，正房、厢房和下房面向天井均挑出的腰檐下方的走廊统称为“厦子”，纳西语称为“曼展”。

中国建筑讲究对称，于是通常安置在厦子中间堂屋位置的六合门，自然成为这些装饰中重点的重点；并以六合门为中心，将前方的花罩、光子枋上面的花板以及两边的暗间大窗、厦穿、照壁装饰通过雕刻或装饰图案组合成一个有机的整体。

文明村18号义尚社区办事处 正房

文明村 18 号义尚社区办事处 平面图纸

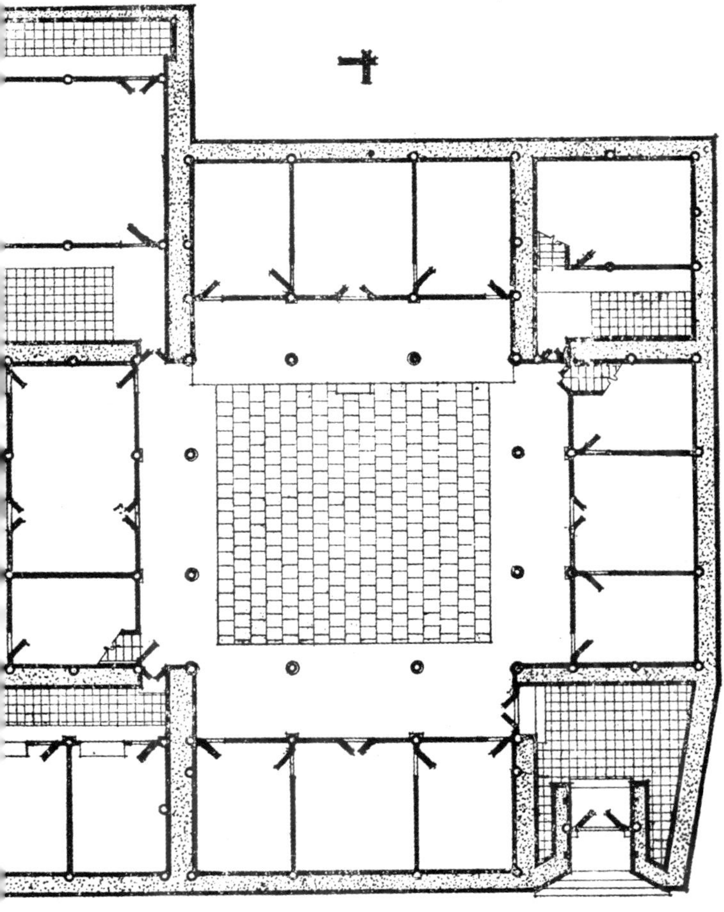

《淮南子·时则训》：“六合：孟春与孟秋为合，仲春与仲秋为合，季春与季秋为合，孟夏与孟冬为合，仲夏与仲冬为合，季夏与季冬为合。”而代表四季的花卉是丽江六合门格心雕刻的主要题材之一。从这个层面来看，“六合”是空间和时间的统一结合。在《过秦论》中提到“然后以六合为家，骰函为宫”，以“六合”为门，对于以修身齐家、治国天下为理想的中国人来说，由自身及天下，家是枢纽，承上启下，进可治国平天下，退可独善其身。

“鹿鹤”同春

选好领头人同奔康庄大道
文明村
教学点

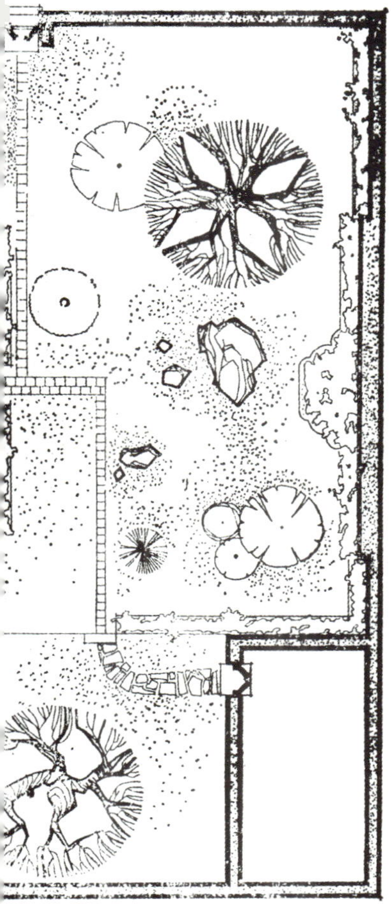

形制

隔扇门又称格门，宋代叫格子门，清代叫隔扇；至迟在唐末五代即已开始应用了。隔扇门是中国传统建筑中一种最常见的门窗形式。隔扇为木质结构，呈一个长条形架子形状，两旁竖立边挺。边挺之间安抹头。分上中下三段：上段称为格心，中段称为绦环板，下段称为裙板。三段的四周在边挺接头之内有边框，称为“仔边”。格心亦称花心，是隔扇上透明通气的部分，中间有棂子或透雕图案，集装饰和实用功能于一体。棂子的花纹多用菱花或类似的六角、八角的几何形，或用方格。绦环板和裙板亦常作雕刻处理，多为浮雕。这种门扇可以作隔扇，也可以作门或窗。作门窗时上下两头加转轴，为通长落地，装于上槛与下槛之间。长窗比例，宽以开间之宽，除去抱柱，高自枋底至地。数量上一般分为六扇，也有两扇或四扇。

丽江六合门在形制上与中国其他地区基本相同，即在每扇自上而下分成五个部分：上绦环板、格心、中绦环板、裙板及下绦环板。五个部分的比例分配通常为 1：4：1：3：1，格心所占比例最大，其次为裙板。本地木工还另称格心为窗心（纳西语称为“喇咯”）或上板，称裙板为肚心板或下板。通常每扇高度为 2.3 米左右，而格心的中心位置正好是成人平视的高度 160 厘米左右，于是格心在具有通风透光功能的同时，也成为装饰的重点。位于下方的裙板在面积上占了 30% 左右，因此也适当做些装饰。剩下三块绦环板，一般只有中绦环板做装饰，三块都做装饰的较为少见。根据格心的不同形制，可将六合门分为“一块玉”、“斗窗”和“美女窗”三个大类。

一块玉

这种形制的格心由一块完整的木板制成，上面多为透雕或镂雕图案，在本地称为“一块玉”（由于裙板和三块绦环板也是完整的木板，亦称之为“一块玉”）。有的雕以人物图案，有的雕以“治家格言”或“福禄寿喜”的文字，更多的是做成多层透露的漏雕——底层为“卍”字穿花图案，俗称“万不断”。面层则雕以象征吉祥的鸟禽动物、四季花卉、琴棋书画、博古器皿等，本地称之为“四季博古”。

万不断

四季博古 光义街新院巷 4 号仁和昌北厢六合门

斗窗

除“一块玉”的格心形制外，还有用两到三组平行的棂子（经过雕刻的木条）拼接成各种图案的格子窗，本地称为“斗窗”。斗窗图案变化丰富，结构精巧，常见的有“斜旋马蹄窗”、“梅花窗”、“菊花窗”、“四星归月”等。除此之外，还有“文字加花”、“链子加花”、“双喜加花”、“双圆归菊”、“绣球加花”、“小马蹄加花”等多种形式。。

文明巷民居的竹节格子窗格心

玉河村牛家院的马蹄窗格心

新华街双石段 70 号正院两面厦大窗

美女窗

还有一种做法，即在格心后部安装一块可升降的木板（在门扇边框上设槽与梢钉），根据需要可装可卸，以调节室内采光与通风，板上画国画或写书法，更好地考虑了功能与审美的结合，本地称为“美女窗”。在数量上，每套六合门一般为六扇，部分房间由于开间较小减为四扇，还有的将单独两扇设于楼梯口，或做厢房门。

光义街光碧巷 58 号赵宅后院下房二楼的美女窗

光义街新院巷4号右厢房的美女窗六合门

装饰

在以厦子为重点装饰的丽江传统民居中，堂屋六合门以其作为中心的特殊位置，成为整个建筑装饰中最为重要的部分。无论处于庭院内的哪个地方，六合门都是整个环境中最吸引视线的部位，因此，六合门是丽江纳西族民居中细木作的精华所在。无论家庭的经济条件如何，每个家庭都给予六合门很高的重视，不惜财力，将六合门制作成整个建筑中最为显眼的部分，同时也作为彰显自身修养与品位的最好陈设。在经济实力比较雄厚的家庭，在格心、中绦环板和裙板上都做精细的装饰雕刻；而在大部分家庭财力一般的人家，则把装饰的重点集中在与视线平行的格心上，剩下的中绦环板和裙板则干脆不做任何装饰，或者仅仅做一些点缀性的浮雕或线雕。除了雕刻之外，部分民居六合门的格心还刷上了深红色的大漆，家庭经济条件较好的人家还贴上了金箔和银箔，使六合门显得富丽堂皇、气势恢宏。也有少部分六合门受到周边藏族和白族审美习惯的影响，在图案上施以五颜六色的彩绘。鲜艳的色彩使得六合门更加艳丽夺目，加之彩绘的颜料多为油性颜料，可对精细的木雕起到一定的保护作用。但大多数丽江古城的居民，更喜欢保持木质原本质朴的颜色，认为过多艳丽的颜色显得花哨和俗气，并对这种做法表示出不屑甚至鄙夷的态度。

丽江深受儒家文化的影响，大部分建筑并没有华丽繁复的张扬，而更倾心于书香门第式样的淡雅风格。作为重点的格心装饰雕刻，其装饰的图案内容基本上来源于汉文化，除了斗窗的形式中用得最多的“斜旋马蹄窗”、“梅花窗”、“菊花窗”等形式外，更多的是表达美好寓意的吉祥图案，还有部分以“渔樵耕读”为主题，结合博古纹样组成六幅图案。此外由于对儒家文化的崇尚，诸如《朱子治家格言》、金兰生《格言联璧》、《中庸》等的警句也以图案的形式雕刻在格心上。民居的主人们通过这些形式的装饰，或是表达对美好生活的向往，或是作为修生养性的法度和准则，在激励自身的同时，也起到教育后代的作用。

光义街官院巷仁和北厢六合门格心

“在经济实力比较雄厚的家庭，在格心、中绦环板和裙板上都做精细的装饰雕刻……部分民居六合门的格心刷上了深红色的大漆……还贴上了金箔和银箔，使六合门显得富丽堂皇、气势恢宏。”

七一街兴文巷 38 号周宅正房

关义街官院巷 7 号正房

“也有少部分六合门受到周边藏族和白族审美习惯的影响，在图案上施以五颜六色的彩绘。”

四季博古

常规来讲，“四季博古”是由博古纹和四季花卉的图案组合而成，在丽江民间也作为六合门格心的统称，包括四季花鸟、四季鸟兽、博古清供、暗八仙等内容。

下页图 新义街百岁坊35号正房六合门 四季鸟兽

光义街新院巷 30 号周宅后院两面厦六合门格心 博古清供

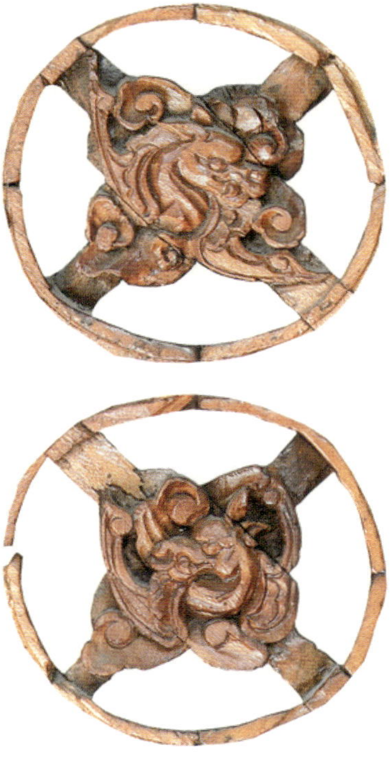

七一街文兴巷 17 号李文义暗八仙六合门装饰上的蝙蝠雕刻

七一街文兴巷 17 号李文义下房暗八仙六合门

福寿窗

一般的“福寿窗”与“四季博古”在“万不断”上面刻各种不同图案的，只有中间一块的圆形部分为透雕，其余为万不断浮雕，还有四只蝙蝠（上下各一对）。中间圆形透雕部分的底纹为万不断，内容是寿字图案，寿字造型各异。另外，中间的寿字也有换成四季鸟兽或博古图案的，也有的用六只蝙蝠围绕中间的寿字方框或四季博古图案。还有的没有蝙蝠和寿字图案，但在形制上采用了中间圆形或扇形的透雕。福寿窗的形式不仅仅用于格心，也普遍用于做工讲究的裙板。

光义街忠义巷 66 号前院六合门福寿窗格心

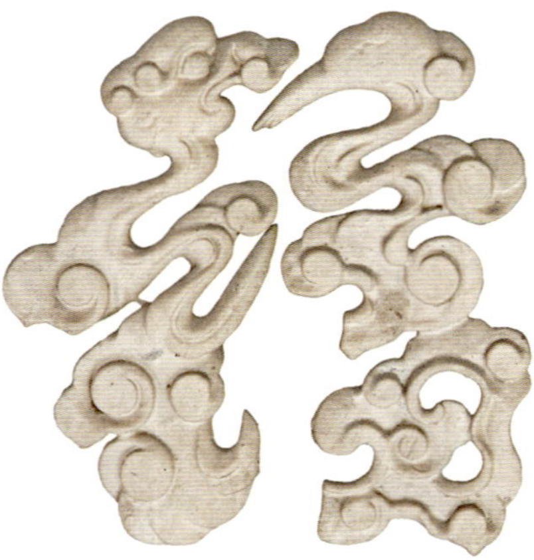

格心中雕刻的云纹字体

格心中雕刻的云纹字体

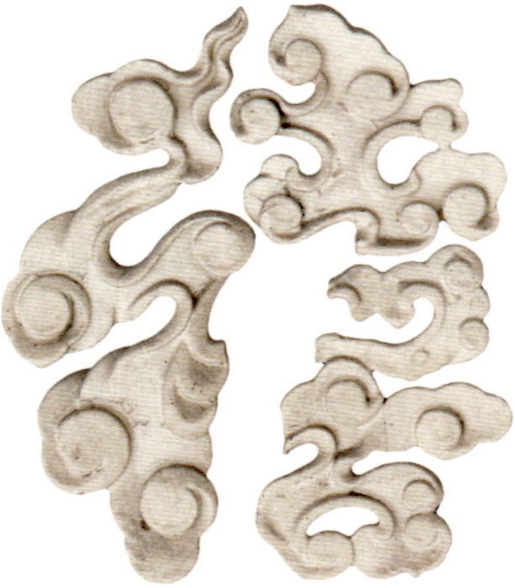

格心中雕刻的云纹字体

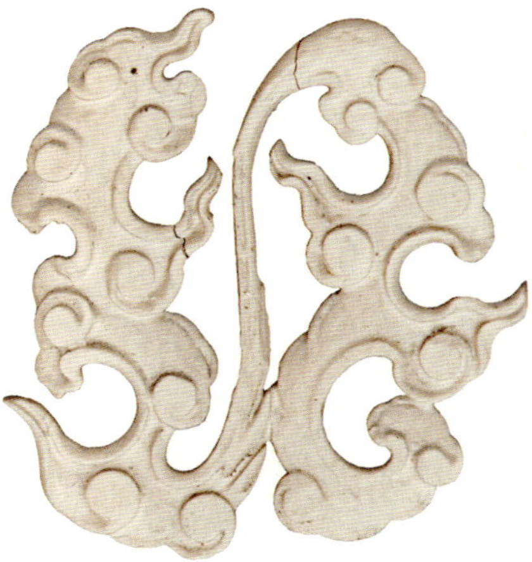

格心中雕刻的云纹字体

大具下里都六福寿窗

七一街崇仁巷60号西次房“四蝠闹寿”六合门

文字窗

除了常见“福”、“禄”、“寿”字以外，由于对儒家文化的崇尚，诸如《朱子治家格言》、金兰生《格言联璧》、《中庸》等的警句也以图案的形式雕刻在格心上。其内容多为“虚能引和”、“静能生悟”、“器具质而洁，瓦缸胜金玉；饮食约而精，果蔬玉珍馐”、“融得性情上偏私，便是大学问”、“消得家庭中嫌隙，便是大经纶”等句。主人们通过这些形式的装饰，作为修生养性的法度和准则激励自己与子孙后代。由于“文革破四旧”时期对旧学思想的批判尤为重视，故大多文字窗的文字图案部分被毁，现在完整保存的已所剩无几。

李达三故居治家格言六合门

格心残片

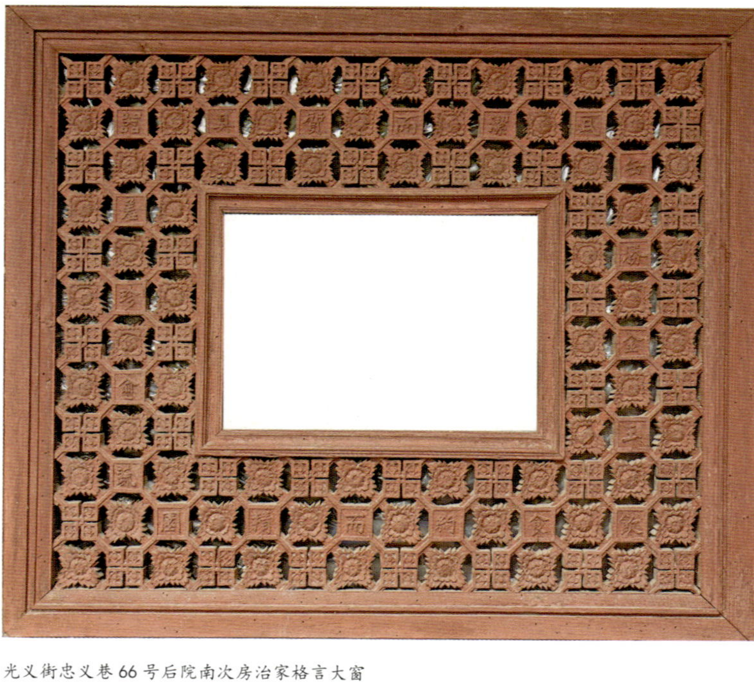

光义街忠义巷 66 号后院南次房治家格言大窗

光义街忠义巷 66 号后院南次房治家格言大窗局部

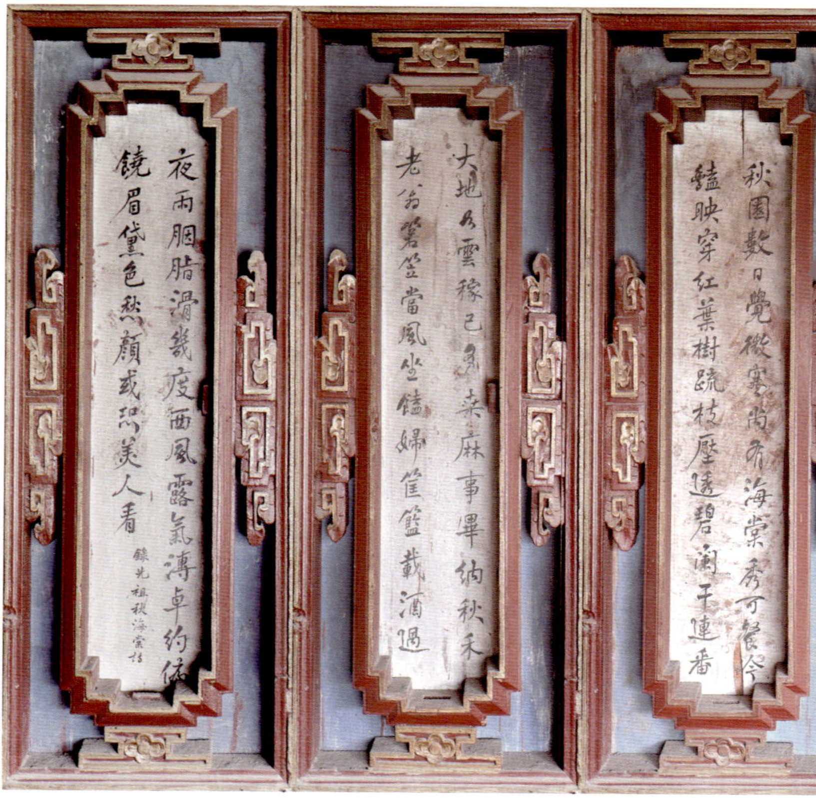

光义街光碧巷58号赵宅中两面厦二楼的文字美女窗

人物窗

内容多为“二十四孝”和“渔樵耕读”。由于丽江民间能雕刻人物的工匠很少，故使用不多。

五凤楼"二十四孝"六合门

↑ 七河乡东关村杨玉昭制“二十四孝－拾葚异器”

→ 七河乡东关村杨玉昭制“二十四孝”格心

制作流程

一套完整的六合门的制作分为四个程序：整体的设计、格心（绦环板、裙板）的雕刻制作、边挺的制作与组装，以及整体上漆或赋色。一般来说，这四个程序分别由图稿设计者、雕刻匠人、木匠和漆工按顺序分工完成，房屋的主人作为工程的总监或设计者始终主导着整个过程。也有的先置办格心，然后根据格心的大小比例来设计六合门单扇的结构。

（一）整体的设计

设计者根据房屋建筑的框架或格心的尺寸，来确定六合门的结构比例，并根据主人的喜好来决定形制及内容。如果是没有置办格心的，则在此期间设计或选择已有样式的雕刻图案。

（二）格心（绦环板、裙板）的雕刻制作

格心板材下料以后，马上阴干，放在屋子里避免风吹日晒，否则横切木纹的两头会开裂。每张板材之间也要透风，不能压在一起，否则材料内部会腐化。两头用蜡封住，以前是用牛粪封。木头从中间到两头就自然而然地干了。笔者在调查中了解到另一种说法，有些工匠在使用青皮槭的过程中不用阴干的工序，直接在湿木上进行雕刻，在雕刻过程中木材自然干燥，也不会出现开裂或变形的情况。

上稿的过程也是对雕刻工匠构图能力的一个考验。由于图稿多为固定尺寸的范本，而雕刻的尺寸则根据六合门的大小来定，因此要根据尺寸和比例的变化做出相应的调整和变化。也有一些创作型的雕刻匠人，如金山达瓦村的杨玉昭，在雕刻制作中边画边雕，没有固定的图稿，作品也很少重复。但这只有理解能力和绘画水平等综合能力较高的工匠才能做到。

“一块玉”的常规步骤是，上稿后先用斜尺画出背面万不断的经纬线，再用墨线沿经纬线勾画出万不断纹的具体位置；雕刻先从背面的万不断镂空开始，厚度相当于万不断的厚度，背面雕刻完成后，翻过来雕刻正面，也是采用同样的方法，先将正面图案需要镂空的部分铲除，挖到背面万不断镂空部分为止，铲平正面万不断底板透露的部分，开始进入细节雕刻，直至完成。雕刻过程中，在身边置一个容器，里面装有一块浸泡过香油的海绵，时常将雕刀的刀刃在香油海绵上擦拭一下，会使行刀更加稳健，游刃有余。其实最难表现的是在较浅的深度表现丰富的层次，或者是通过简单的线条表现生动准确的形象。通常六合门格心的厚度只有 4 ～ 5 厘米，除了背面的万不断底纹外，普通的工匠只能雕出 1 ～ 2 个层次，而手艺娴熟的师傅最多能雕出四层。现在一般人总是对多层镂空雕刻赞不绝口，称道其工艺的精致。不知道这种审美取向是否与现代也就是西方审美强调立体感和写真性有关。其实这些都可以通过反复的练习和耐心，在花费大量时间的情况下做到。但如果讲求效率，古代的作品深浮雕不多，主要是在浅层上表现整体美。从工匠的角度来说难度大，不好控制层次。现在多数以深雕为主，兼顾一点画面，因为刻得深修改起来才容易。

斗窗的制作在精度上有很高的要求。斗窗是用 2 ～ 3 组平行的棂子（经过雕刻的木条）拼接成各种图案的格子窗。斗窗结构精巧，图案变化丰富，如果制作的精度不够，轻则时间长了出现变形，严重的在安装的时候就没法组合。斗窗的棂条在组合前经过初步加工，已能看出图案的大体造型。在对接前预留下相应的咬合接口，对接完成后再进行第二次雕刻，使得整个平面产生立体精细的造型。

在雕刻的技法上，丽江六合门一般采用浅浮雕、高浮雕、通雕、阴雕四种技法。“一块玉”的格心多用高浮雕和通雕，而裙板及绦环板则多用浅浮雕和阴雕的技法。

在丽江民间，对本地雕刻六合门的方式有一种错误的认识，即六合门的格心是匠人在山上放羊时边走边雕完成的。这种说法几乎成了本地雕刻方式的定论。然而事实并非如此。以下里都村为例，工匠在雕刻制作的时候有一套严格的程序，并配有相应的辅助工具。通常雕刻的板材两边被一条带子勒在一个结实的矮桌上，带子两端垂下去，形成两个套，套在一张长木板的端头部分，木板的另一端搭在一张垫有软垫的小矮凳上，木板呈水平状态。雕刻的时候工匠就骑在那张长条形的木板上，借用自身的重量使得端头的带子紧绷，以此将要雕刻的那块板材固定住。如果需要调整位置移动雕刻的板材，雕刻者只需微微起身，带子就松开了。

（三）边挺的制作与组装

边挺的制作一般为建房的木匠师傅完成，根据房屋开间的大小，以及格心、绦环板和格心的尺寸机动制作和组装。

（四）整体上漆或赋色

传统漆作使用大漆（又称土漆），土漆中为了形成红色要掺入其他原料，用的是熟漆（即生漆加桐油熬炼，变透明后用）加入一种叫银朱的颜色，然后再粘贴金箔或银箔。现在已很少有人用传统大漆了，原因是耗工耗时，制作麻烦，成本高，而且多数人会对桐油过敏，浑身奇痒无比。因而以简便快捷的现代化学漆替代，美观且色彩丰富，但在质量和耐用上一直比不上土漆。在丽江范围内，更多的人喜欢木材本来的质感，所以六合门通常只是上一些具有保护功能的清漆。由于丽江本地居民认为过多艳丽的颜色使得六合门显得花哨和俗气，所以在六合门上赋彩较为少见，一般多用于庙宇、公园等公共建筑。值得一提的是，现置放于黑龙潭得月楼一层的六合门为方贞元设计制作的，原置于五一街文治巷方宅。20 世纪 60 年代周霖先生按照原有的彩绘将它修复，像国画一般，非常雅致。

雕刻的工具

左 链子加花雕刻半成品

右 链子加花雕刻成品

图稿设计

传统六合门装饰图案的设计者是民间雕刻艺人，往往由他们当中具有较深厚雕刻造型功底的老匠人承担图稿的设计任务。当有自己满意的造型出现时，艺人们便会用制作谱本的方式记录下来，以后再按谱进行重复制作，这一造型也就通过这种方式得到了传播。没有图稿的匠人，也常常到雕刻精美的成品上用棉纸和锅烟拓印，作为自己雕刻的范本。最早的图稿何时何地由何人传入，已不可考证，相传五一街文明巷 7 号李宅北正房堂屋六合门格心的图稿来源于江苏。清咸丰末年李氏的祖上经商至江苏，结识了一位进京赶考的举子，二人甚是投缘，当举子得知李氏家中准备建造新宅，便画六合门图稿一套赠之作为贺礼。无论此类传说真实与否，也可以从一个侧面证实丽江六合门图案来自中原。

当时的丽江古城书画风气盛行，大多数制作六合门的雇主都喜欢参与到六合门雕刻装饰的制作中来，或是邀请知名的画家为自己设计图稿，并以此为荣。20 世纪初以来，随着丽江经济的崛起，这种风气也日渐兴盛，古城大部分新制六合门的图稿多出自张丽川、王敬亭、方儒林、黄穆侯、方贞元、李拔、李志明等人之手。而当时属于少壮派的周霖，在 20 世纪 30 年代为新义街积善巷和志均的新宅设计的六合门一炮打响，名门望族和书香世家都投来关注的目光，每有新居修建便请周霖等人设计图稿。这群青壮派画家，成为古城建筑实用艺术的中坚力量。当时大部分木雕艺人习惯于传统的旧式工艺，对这些文人画家的新图稿束手无策。周霖等人就专门到民间寻找一些技术精湛又具有一定突破精神的高手，如大具下里都村的和为忠、和为仕兄弟等为他们雕刻。画家们亲自到工地辅导雕刻艺人，如飞鸟走兽的羽毛、松竹梅兰的枝干穿插、一花一叶的正反转侧以及构图的虚实变化，都同艺人们作深入的交谈、研究。画家们请教雕凿技艺、木材性能、力学结构方面的问题，而艺人则学习花鸟画的绘画风格。通过双方的沟通，具有丽江特色的六合门式样日趋成熟并受到民间的喜爱，渐渐推广开来。

另外，雕刻的工匠也开始直接从画家处索要图稿。通常是为画家或画家的亲戚朋友雕刻制作格心时，以免费或优惠的形式作为交换条件，让画家为自己设计图稿。

图稿在制作六合门的过程中使用频率较高，磨损消耗大，加上流动性强，很容易破损或遗失。但也有一些有心的匠人在从事雕刻的工作中不断积累，为我们留下了一批宝贵的实物资料，如年轻的雕刻艺人赵振金等；更为难得的是九河乡年过耄耋的奚正藩老师傅，根据自己多年积累的经验总结出了二十多种斗窗的做法，并用土法印制成一套图谱《名窗二十》以传赠后学者，实属可贵。

周霖

按周霖画稿雕刻的七一街兴文巷 27 号

和宅正房六合门格心

周霖的画稿

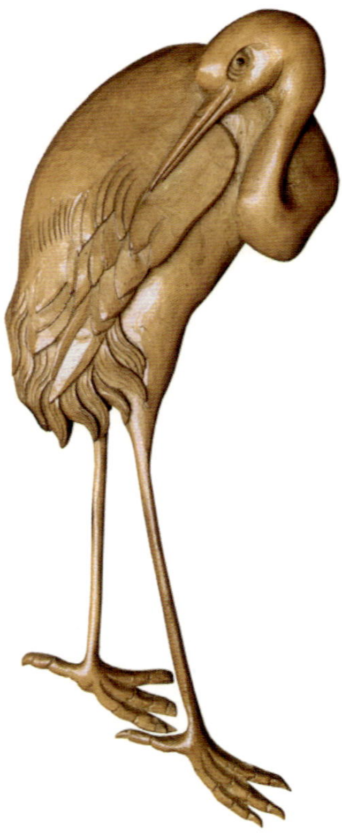

格心中的仙鹤

格心局部

和振璜绘制的方贞元稿，1993 年

和振璜绘制的方贞元稿，1993 年

黑龙潭得月楼方贞元稿六合门格心

赵振金绘制的张文湛稿，1990 年

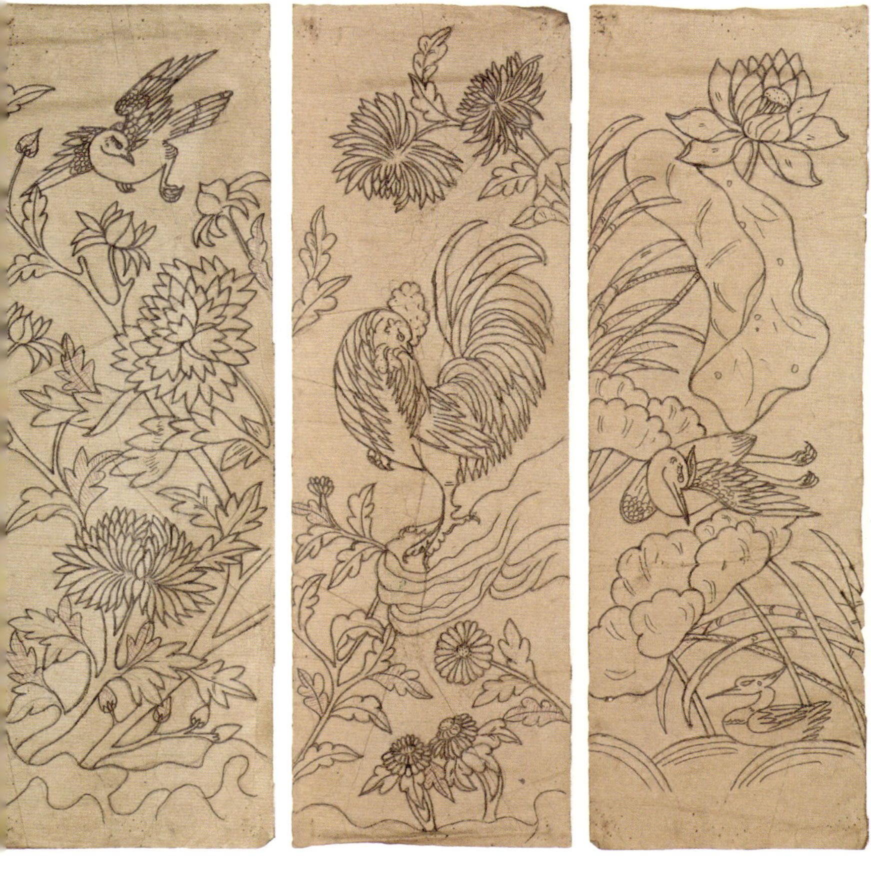

赵振金创作的设计图稿

赵振金改美女窗稿，1993 — 1994 年

杨礼吉创作的设计图稿

松鹤长青（松鹤延年）

锦鸡菊花（秋华添锦）

和学宇创作的设计图稿

名窗二十

奚正藩

前言

本书图纸第一次与广大木工见面后，几经再版，很受农村到城市木工的欢迎。随着农村生产的发展，及农民生活的提高，对各种居住房屋的装修方面，对门、窗提出了更高的要求。

因而、本书在原来的各窗二十种内，要增加了双喜图和大同寿图。为了保留自古以来的社会传统的木工艺术。接受了木工的要求，又增加了木窗结构方法的说明示意图。它对于广大木工的技术水平和实际操作技能将起到积极的帮助作用。

在我国农业上存在着人多地少、山多、水面宽、草源大自然资源十分丰富。但是技术装备还落后，可是劳力资源很丰富，从这一实际情况出发，积极鼓励广大人民群众以个人或合伙经营养殖、种殖和手工业。发展商品生产，增加家庭收入，满足生活须要。

手工业和手艺人也要掌握科学技术。技术是各行业的指南在政策的光辉照耀下，把城镇到农村建设成更美好。

说明：

本书内寿字窗和双喜窗方条用5公分宽 花条为3公分宽，厚度为7—8分

鱼鳞加花窗 圆条用2公分、花条为用8分

别窗一律方条用1寸 花条用8分 厚度7—8分为准（市尺）

每一种窗、单格 2寸（市寸）去推算。

第 5 页　　0545

开口圆寿.（梅花寿）
9

封口圓壽（多用于棺材上）

万字一把版（不存大图留）
13

象眼格（一般用于风窗）

16

二十四孝称

(一)大舜耕田	(九)王祥卧冰	(十七)恣蚊飽血
(二)文帝嘗藥	(十)黄香扇枕	(十八)聞雷泣墓
(三)嚙指心痛	(十一)孟宗哭竹	(十九)嘗糞憂心
(四)閔子单衣	(十二)斑衣戲綵	(廿)湧泉躍鯉
(五)子路負米	(十三)陸績懷橘	(廿一)打虎救親
(六)董永賣身	(十四)乳姑不怠	(廿二)丁蘭刻木
(七)鹿乳奉親	(十五)郭巨埋兒	(廿三)黑椹供親
(八)行傭供母	(十六)棄官尋親	(廿四)滌親溺器

八仙名称

汉钟离老祖把扇摇	(一)	鐵拐李先生道法高	(五)
吕洞宾舞剑青峰绕	(二)	蓝采和前来献蟠桃	(六)
張果老骑驴过仙桥	(三)	曹国舅手执雲楊板	(七)
韩湘子雲中吹玉哨	(四)	何仙姑来敬長寿酒	(八)

八卦图譜说明

乾从西北角开始，乾坤生天地(天为父地为母)，天地生太極，太極生八卦。

乾三連	☰天	坤六断	☷地
离中虚	☲火	坎中满	☵水
震仰盂	☳雷	艮覆碗	☶山
巽下断	☴风	兑上缺	☱泽

划八卦图時要天地相对，山雷相对，水火些对，风泽相对，相对为準

薛建华收藏的设计图稿

薛建华收藏的设计图稿

匠人

目前共收集到13位工匠的相关资料，他们从事雕刻制作的时间跨度自清代晚期至今，有100年左右。13人均为丽江本地纳西族人，分别居住活动于大研古城、金山乡、九河乡、大具乡等地。其中被誉为“雕刻之乡”的大具乡下里都村有9人，几乎占据了已知工匠的所有时间跨度。除此之外，大研古城2人，金山乡1人，九河乡1人。所调查的工匠中除奚正藩、赵振金专业从事雕刻外，其余11人均在为务农或其他工作之余做木雕工作。

杨玉昭

金山乡良美村委会达瓦村人，生卒年约为 1851 — 1938 年。出生于较为富裕的家庭，幼年丧父，由孀母抚养成人。年长后跟一位本村木匠师傅学木工活，精雕刻，能独立创作，擅长人物雕刻，在民间的传世作品以“二十四孝”及“渔樵耕读”内容为主。后出家为本地金山寺的和尚，法号灯某，并继续从事雕刻创作。关于杨玉昭出家的原因有两种说法，一种是和汝恭先生在《纳西族雕刻家杨玉昭》中讲述，杨玉昭母亲病故，在治丧期间家财被盗，杨的妻子一时想不开也跟着自尽身亡，杨悲痛之余就出家做了和尚；另一种说法来自杨玉昭养子的口述，说是杨由于手艺好，建金山寺时请他去雕刻，但是金山寺付不起工钱，便留杨玉昭做寺内住持，以香火钱充当工钱，于是他就被迫出家了。杨玉昭喜欢吸食鸦片，而且对饮食要求很高。当时丽江普通人家生活水平普遍困难、简朴，“小麦面非享客不轻用”，而杨玉昭则非小麦面饼不食，非酥油茶不喝，家中原有七十多亩（1 亩 =0.0667 公顷）地，到出家时已不足十亩。杨玉昭最主要的雕刻作品集中在金山乡龟山上的金山寺，据说有千手千眼观世音等佛像百多尊。金山寺在 1931 前后失火焚毁。古代名人手笔如翰林李樾的对联匾额及陈设古籍，包括杨玉昭的作品等，全部化为灰烬。现在传世的仅为四套六合门格心、春凳一对、八仙桌一张以及万卷桌花板一块。

在七河乡东关村村庙中原有两套共十二扇杨玉昭雕刻的“二十四孝图”，在上世纪 90 年代被丽江县博物馆借走，后又被村民索回。由于保管不当，2008 年被人偷走六扇，分别是其中一套的两扇和另外一套的四扇。现存的这六扇六合门每个格心内都有两个故事，一套的格心为梅花心透雕，另一套为万不断透雕。绦环板均为草龙图案，裙板运用了福寿窗的形式，中间为一个圆形透雕，背面是万不断，正面是麒麟狮子、鹭鸶采莲、博古清供等图案。雕刻精致，造型及表现手法已经相当成熟。此村庙建于清光绪十四年（1888），据此推断这两套“二十四孝”六合门应该是杨玉昭40来岁时的作品。

另一件作品在金山乡开远村42号和宅，内容为“渔樵耕读”加“四季博古”，格心比一般六合门的格心厚很多。内容自右至左为：渔夫、莲池、鹭鸶、柳树、云纹；樵夫、松树、仙鹤、鹿鸣金钟、云纹；文房书画、供桃、香炉、瓶花、案几；如意、瓶花、案几、供品佛手、磬、竹子、松鼠噬瓜、云纹；农夫、水牛、梅花、茶花、双鸟、云纹；读书老者、假山、猫戏蝶、飞蝶一对、香草、菊花、云纹。总体来看，雕工朴实古拙但不失精致，如每扇顶部的云纹造型变化丰富，十分耐看。由于板材较厚，云纹的层次更多，立体感较强，已超出了普通浮雕较为平面的形式，并且与底面的万不断几乎完全镂空，十分精致。

还有一套是金山乡东元行政村中岗村 40 号北次房正房的六合门，内容非常丰富，形式不拘一格。内容包括：四季鸟兽、渔樵耕读、琴棋书画、暗八仙、博古清供。布局精巧，造型拙朴却很生动，应为杨玉昭早期的作品。

除此之外，在杨玉昭故里达瓦村的村民家庭中仍保留有春凳一对、八仙桌一张、万卷桌花板一块，均出自杨玉昭之手。这几件物品都是按照常规固定式样制作的，没有体现出他在艺术创作上的特点。

杨玉昭做工很慢，“他与别人不同之处是，如用的画笔，他用柳枝在陶盆内烧过之后制成柳炭笔，收集于一木盒中。雕刻时拿柳炭笔先勾画轮廓，

七河乡东关村杨玉昭制“二十四孝－打虎救亲”

然后下手雕凿，边凿边画，从正面侧面，上下左右，审视一番，便进行第二次加工。这样三番五次，雕完之后，用木贼干草摩擦(与现在的砂纸同一功效)，直到发亮。人物和动物的眼睛留作最后处理。他曾对人说：雕刻的关键在于眼神，点睛要顾及整体的协调配合，如俯仰正侧，以至喜、怒、哀、乐的表情，都要由眼神表达出来，所以须十分慎重。他使用的工具也比别的木匠师傅多，各种大小形样不同的凿子，以及斧头、榔头样样具备。”

在杨玉昭雕刻的作品中，我们总能发现他突破常规的随性之笔。与其他六合门庄重的内容相比，显得生动有趣，富于生活情调。如莲花叶子里躲藏的顽皮的小鸟、啃嚼金瓜的松鼠以及扑弄蝴蝶的猫，让人忍俊不禁，备感亲切。除了这些极富创造性的细节，杨玉昭还是已知的丽江范围内唯一雕刻人物的雕刻工匠。

七河乡东关村杨玉昭制“二十四孝”

金山行政村开元村 42 号

杨玉昭制六合门格心

和为忠

和为忠

后人称他为阿普阿六，丽江市大具乡头台行政村下里都村人，生于1899年，卒于1948年。他是周霖和张丽川为新义街积善巷和志均的新宅设计的图稿的收藏者。和为忠与其弟和为仕是下里都村最负盛名的雕刻匠人，他们在祖辈的影响下，加上同白族工艺人交流技艺，把白族的工艺纳入自己的技术之中，发展了雕刻工艺。特别是和为忠兄弟俩在六合窗即“四季博古”方面显示出了成就。卡（gā）子村的和德与和为忠是同一辈人，和德是一个能说会道，又通晓一些汉语，善于包揽和经营生意的人，与各界人士交往较密。民国年间，和德为和志均兄弟俩的中药房“寿元丰”包揽来三套六合门格心的活计，并将和氏兄弟从大具带到大研古城和志均家雕刻六合门的格心。当时和志均也把纳西族著名画家周霖请来，画了一套“四季博古”图稿，共六张，

和为忠印

自左至右分别为“雄鸡葵花”、“松鹤同春”、“鹭鸶采莲”、“鹰立菊丛”、“喜鹊争梅”(孔雀玉兰)。

画稿出来后，和德、和为忠、和为仕三人开始用青皮木料雕刻格心。据和为仕后来讲，当时以和德为主，和为忠兄弟为辅，但在雕刻过程中，和德的工艺技术不及和为忠，于是和志均就对和德说：你就在我家休息，让和为忠来完成雕刻。据和为仕后来讲，三套格心雕刻出来后，深得和志均兄弟的喜爱，一套放在他家的寿元丰药房中，另两套据说由兄弟俩送给了龙云。至此，和为忠兄弟俩的六合门格心“四季博古”图稿已基本规范，雕刻工艺、产品也在丽江一时出了名。丽江富豪纷纷向他们订做六合门格心。当时在丽江任专员的史华在寿元丰看见和为忠雕刻的“四季博古”后，以现金七十五元的价格让和为忠为他精雕一幅，带回大理家中。但和为忠接活后不久便因患肺病倒在床上，其精心加工部分是由和为仕在和为忠的指点下完成的。格心雕刻完成后，因兄长病倒在床上，由和为仕背去向史华交货。和为仕见到史华后，向史华诉说了雕刻的难度及他哥哥抱病在床的苦衷，要求另加十元现金。当时史华对和为仕说：“你家的工艺不错，我赠给你哥一枚篆刻‘和为忠制’，不要在这一幅上斤斤计较那十元钱。钱我加给你，但是要记住，今后凡你家的产品都要印上我给的篆印，你家可以凭这个篆印发展自己的事业。”此后，著名画家张丽川也曾为和为忠兄弟俩画了一幅春为(松鹤同春)百灵戏牡丹、夏为鹭鸶采莲、秋为雄鸡观菊、冬为喜鹊争梅或梅鹿观贵(竹鸡芍药)的四季博古画。但是据和为仕及其子和运坚等人说，张丽川的画用笔太工，线条比较细密，雕刻难度大，立体感方面又不尽如人意，故一般以周霖画的较为普及。

其代表作为新义街积善巷(原和志均“寿元丰”药号)的六合门，现已不存。现存的为七一街兴文巷 38 号周宅正房六合门，根据周霖原稿所制。下房北面六合门是根据张丽川原稿所制。这两套六合门完整地保持了原有的面貌。

和为忠制七一街兴文巷 38 号正房六合门

大具卡子村和为仕制，张丽川稿——鹿

和为仕

和为忠的弟弟，后人称他为阿普兆林，丽江市大具乡头台行政村下里都村人，生于1917年，卒于1989年。从18岁开始跟随兄长和为忠学习雕刻技艺。在20世纪40年代，由于和为忠抱病衰弱，和为仕开始独当一面，完成了大部分他们所接的活。其代表作为和为仕故居大具下里都村和运坚宅正房六合门，于1988年根据周霖原稿所制，是和为仕的收山之作。另外一套根据周霖稿雕刻的作品置于大具头台村五村和国相宅，由于尺寸有改变，构图略有不同。大具卡子村和善举宅正房六合门是根据张丽川稿所制。

和为仕

奚正藩

丽江市九河乡北高村人，生于1939年。幼时因家贫辍学，跟随九河甸头白族师傅王忠仕、王学贤学习木工技术，后跟随亲戚姚发祥继续学习木工，并拜甸头赵忠仁为师学习雕刻。据奚正藩自述，他从牡丹、松、竹、梅、兰等简单的植物图案开始，然后学习雕刻鸟类；从简单的喜鹊到较为复杂的孔雀、凤凰等，再雕狮子、象、马鹿等大型动物。他根据民间艺人传承的“凤笑龙怒哭狮子”这一类口诀、典故，渐渐形成了自己独特的雕刻风格。除了上述这些外，奚正藩更善于制作斗窗，上了年纪以后就逐渐根据自己多年积累的经验总结出了二十多种斗窗的做法，并用土法印制了一套图谱《名窗二十》，还相应制作了一套完整的实物样本。

奚正藩

← 鱼鳞加花图稿

→ 奚正藩制鱼鳞加花窗

← 绣球加花图稿

→ 奚正藩制绣球加花窗

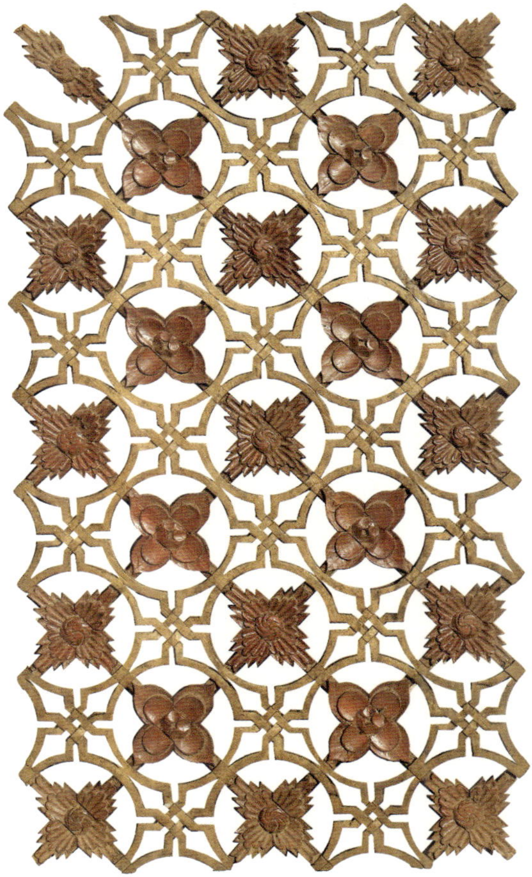

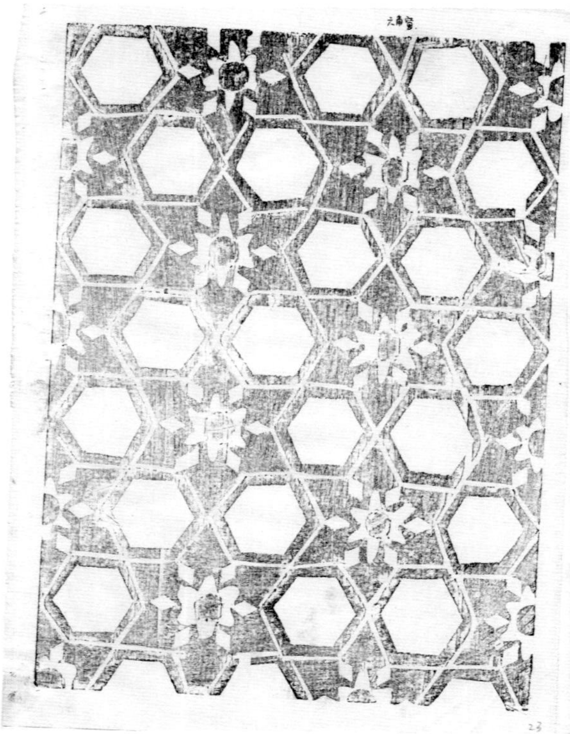

← 六角窗图稿

→ 奚正藩制六角窗

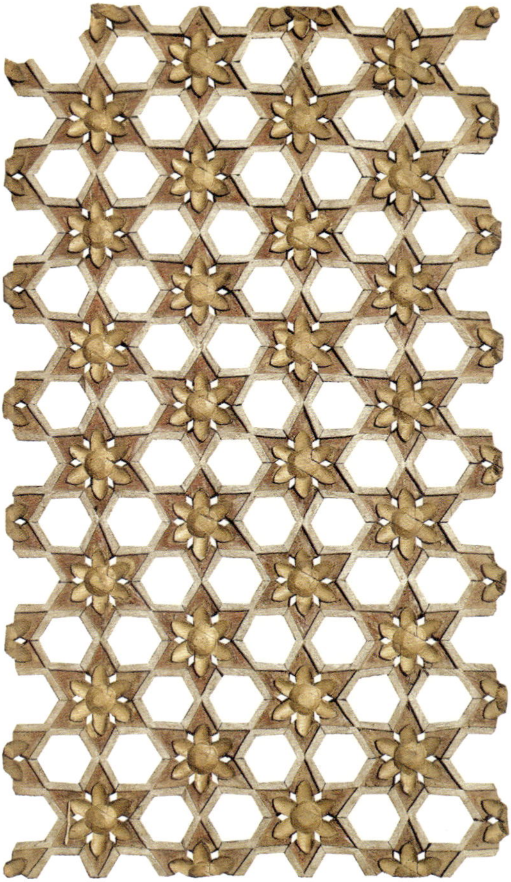

← 虎眼加花图稿

→ 奚正藩制虎眼加花窗

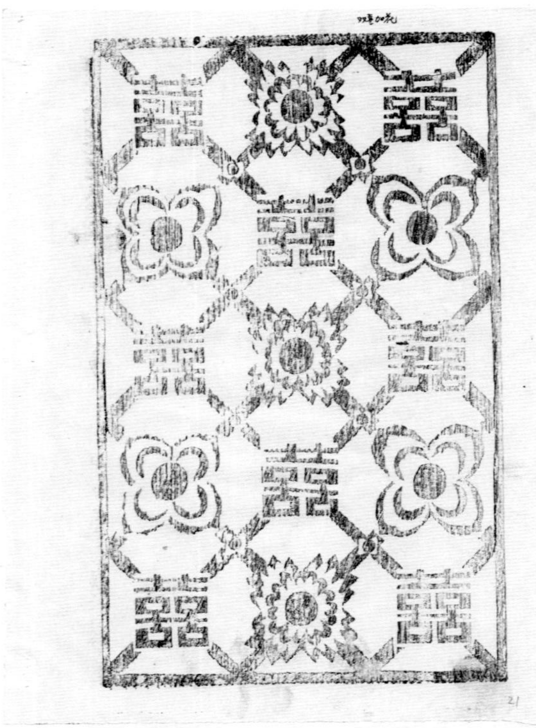

← 绣球加花图稿

→ 奚正藩制绣球加花窗

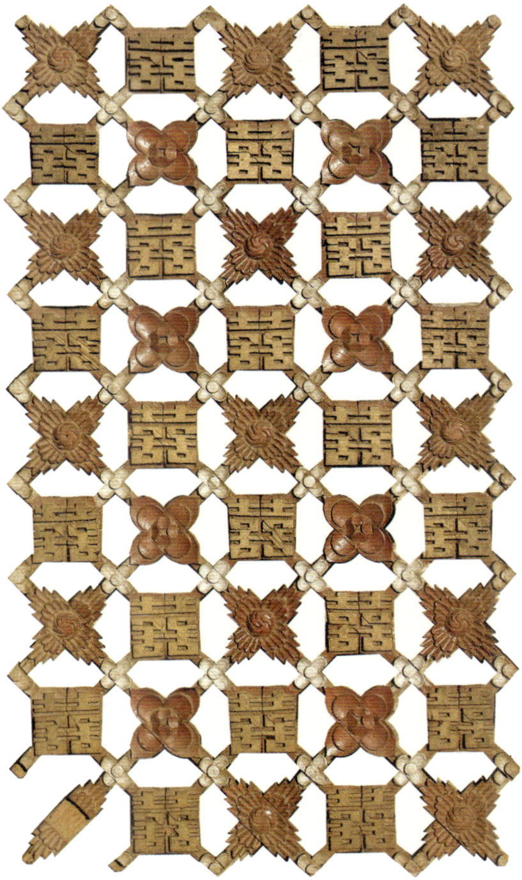

← 小马蹄加花图稿

→ 奚正藩制小马蹄加花窗

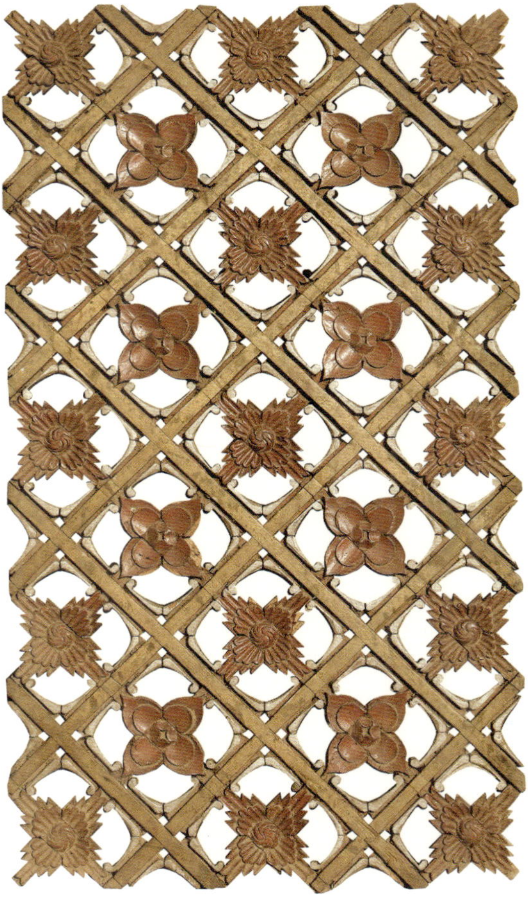

赵振金

赵振金

丽江市大具乡头台行政村下里都村人，生于 1970 年。12 岁辍学，开始师从姑父和玉勤学习雕刻，20 岁开始在丽江独立制作六合门格心。在制作周霖和张丽川图稿的格心的基础上，开始尝试格心的创作性雕刻。其代表作品为象山街福象段 6 巷 8 号堂屋六合门。

古城区象山街福象段6巷8号
赵振金宅正房六合门格心

除上述五人外，还有方贞元、阿普牛恒、阿普格都恒、阿普贤纳、和建林、和国光、和运坚（和为仕之子）、和振兴（和运坚之子）八位匠人。

记忆照相簿

第一载 飞行

文\图 杨威

飞行

七八年前，我在为毕业论文收集资料时接触到一些老照片。从那时起，我便开始有意地寻找、收藏这些照片，现在已有几千张了。这些老照片中的大部分是在照相馆里拍摄的人物照。在很长一段时间里，大部分普通中国家庭并不能够有机会或有条件拥有自己的照相机。而绝大部分中国人对于摄影的最初接触和认识，都是在分布于中国各地的大大小小的照相馆中完成的。

在中国，大概每个家庭都有不少这样的照片吧？我收集的这些老照片基本上来自各地的旧货市场和互联网上贩卖旧货的商贩，中国的剧烈发展变迁，让这些原本保存在每个家庭并承载他们珍贵记忆的小照片与他们的主人分离失散。我不知道这些照片中的人物是谁，看着它们，我有时会想：每一个陌生的面孔背后都有着一段精彩的人生故事吧？

从今天开始，我将以我的视角对这些陌生人的照片进行解读，将它们分成不同系列展现给大家。这些系列的照片从不同角度反映了一个个普通中国人的情感、理想和欲望。其实，我想用这些老照片讨论一些关于记忆的话题，既是个人的、家庭的，也是属于不同时代共同的情感和集体记忆。

飞行

起飞

人类对飞行一直充满了渴望，不仅仅是希望肉身的腾空，更有对内心翱翔的向往。古人将这种飞的渴望寄予羽人、飞天、风筝或是云朵。1903 年 12 月 17 日，莱特兄弟成功试飞了人类的首架动力飞机。从此，人们的飞行梦有了新的可以依托的设备。但是在现实生活中，人们能接触到真正飞机的机会很少。过去的照相馆绘制了不少与飞行有关的布景板，其中最多的当然就是飞机，这真是一个巧妙的设计！要想满足自己心中的飞行梦，到照相馆拍一张“开飞机”的照片是一个不错的选择。这些布景飞机画得并不怎么写实，甚至有些比例失调，但在布景中拍照的人都一本正经地等待摄影师将瞬间定格。这是一项严肃而庄重的仪式，为了这一张“起飞”的小照片儿，哪怕只是在这一瞬间，在平淡的生活里飞一次，也足够了。

*以下图片均与原照片尺寸相同

飞行

1939 年 天津某照相馆为两位少年拍摄的飞机布景照片

1947年 飞机布景的机身上写着“同义号”字样

飞行

20 世纪 40 年代的照片

20 世纪 40 年代末 两名士兵在“B57 轰炸机”布景中留影，机翼机身和军帽上的国民党标志被后人涂抹成了红五星

20 世纪 50 年代初 照相馆中拍的照片

飞行

20 世纪 50 年代的照片

飞行

20 世纪 50 年代的照片

飞行

20 世纪 50 年代的照片

20 世纪 50 年代的照片

飞行

1954 年 8 月 山西太原钟楼街华昌照相馆

飞行

20 世纪 50 年代 建华照相馆

20世纪50年代 新浦真善美摄影社

飞行

20 世纪 50 年代 河南开封国际照相馆

飞行

1950年 布景飞机机身上写着“国光号”字样，应该是照相馆的名字

20 世纪 50 年代 联谊照相馆。布景飞机机身上写有“联谊号”字样

飞行

1953年的照片

飞行

1953年的照片

1959 年 上海英明照相馆

飞行

1960 年 上海英明照相馆

飞行

1962 年 上海英明照相馆

1962年的照片

飞行

20世纪80年代 陕西西安兴庆照相馆

飞行

1981 年 陕西西安大雁塔照相馆

20 世纪 80 年代 上海伟群照相馆

飞行

20 世纪 80 年代 无锡玉祁照相馆

飞行

20 世纪 80 年代的照片

飞行

20 世纪 80 年代的照片

飞行

20 世纪 80 年代 长虹照相馆

飞行

20 世纪 80 年代 长虹照相馆

20 世纪 80 年代的照片

飞行

20世纪80年代 青华照相馆

飞行

20 世纪 80 年代 红光照相馆

飞行

1982年 南坪照相馆

飞行

20世纪80年代末 辽宁沈阳某照相馆

飞行

严复的翻译和清末文化危机

孟繁之

严复（1854 — 1921）的一生大致可分为三个阶段：第一阶段从 1854 年出生到 1879 年自英国返国服务，属于成长与受教时期；第二阶段从 1879 — 1900 年，除了短期在福州船政学堂教书（1879 — 1880）外，主要在天津北洋水师学堂担任教席；第三阶段从 1900 — 1921 年，他在京、沪等地从事各种文教工作，至晚年退隐家乡。第二阶段大致上是从 26 — 45 岁（依照虚岁或当时中国通行的算法，则是 28 — 47 岁），从一个初返国门的留学生，经历宦海浮沉、投身翻译事业，最终跃居中国知识界的“第一流之人物”，可谓严复一生发展的关键时期。

严复的译笔

严复在天津水师学堂时期，一方面准备科举考试、研治中学，另一方面也开始接触西书。早在 1881 — 1882 年，他即阅读斯宾塞（Herbert Spencer，1820 — 1903）的作品，甲午战争后又受到战败的刺激，觉悟到只有“多看西书……是真实事业”，可以掌握“治国明民之道”。不久即开始从事翻译工作，其中使他“暴得大名”的第一个作品，即 1895 — 1898 年翻译的《天演论》。

随着 1898 年《天演论》的正式出版，严复不但跃居中国“第一流之人物”，同时也给他带来国际性的声望。1899 年 9 月，日本《万朝报》主笔，也是专研中国历史的学者内藤虎次郎（1866 — 1934，号“湖南”）至天津访问，通过《国闻报》馆主西村博以及该报记者方若、安藤虎男等人的介绍，与天津“精通时务”的六位名士会面，其中名列首位者即严复。从两人的会谈内容，可见严复在当时所扮演的重要角色。据内藤在《燕山楚水》中的记载，他在与严复见面之前所得到的相关信息如下。

严复字又陵，福建侯官人，现为北洋候补道、水师学堂总办……严复年齿

四十七，二十年前曾游日本，十年前赴英国游学三年，通英语。已将赫胥黎之书翻译、印行，名为《天演论》。

两人见面时，采取笔谈的方式，期间论及翻译问题。内藤氏说阅读《天演论》之后，觉得“文字雄伟，不似翻译，真见大手笔”。严复则回答：“因欲使观者易晓，不拘原文句次，然此实非译书之正法眼藏。”又说：“近所译计学一书，则谨守绳墨，他日书成，当有以求教。”内藤所说的“不似翻译”一语是对《天演论》的赞美之词，这也显示出《天演论》在“化西为中”的文字功夫上达到很高的造诣。不过，严复也感觉到《天演论》偏重“信、达、雅”翻译三原则中的“达”，而在“信”方面有所缺失。

然而这里亦须提及的是，《天演论》的成就并非一蹴即得，而是多次修改的成果。在1901年南京富文书局出版的《天演论》，书名由吕增祥题字，内文则有吴汝纶的序言。在晚清文界，吴汝纶师事曾国藩（1811－1872），乃桐城派后期的大师，不但对古文有很深的造诣，“为文深邈古懿，使人往复不厌”，也是严复所谓和郭嵩焘一样，是极少数的“旧学淹贯而不鄙夷新知者”。严复在他的影响之下，仔细研读姚鼐（1731－1816）所编的《古文辞类纂》、曾国藩的《十八家诗钞》等书，并进而探究六经以及曾国藩所推荐的七部典籍《史记》《汉书》《庄子》《韩文》《文选》《说文》《通鉴》，因而在文字功夫上获益良多。

而吴汝纶在对严复“奖诱拂拭”之下，又为他的译稿“一为扬榷”以求“斟酌尽善”。因此从这点说，严复的成就其实不是他个人的成就，吕增祥、吴汝纶等知交、师友都贡献了一部分心力。其中吴汝纶亲自为之修改、作序，更使该书宛如受到大师“加持”，其声望因而陡然提升。《天演论》完成之后，严复在翻译工作上更为得心应手，此后陆续翻译了其他名著，终于成为近代中国通晓西语、亲历异域而引介西学的第一人。

1902 年，严复回应梁启超《绍介新著：〈原富〉（斯密亚当著·严复译）》一文，论及翻译文字，谓：

窃以谓文辞者，载理想之羽翼，而以达情感之音声也。是故理之精者不能载以粗犷之词，而情之正者不可达以鄙俗之气。中国文之美者，莫若司马迁、韩愈。而迁之言曰："其志洁者，其称物芳"，愈之言曰："文无难易，惟其是"，仆之于文，非务渊雅也，务其是耳。

1877 — 1879 年，严复被公派赴英国留学。留英期间，他除了学习海军专业知识外，对英国的社会、政治也发生兴趣，并广泛地涉猎了西方资产阶级政治学术理论，极其推崇达尔文的进化论。其学识才华深得时任中国驻英法公使郭嵩焘（1818 — 1891）的赏识。郭嵩焘在其日记中云："又陵才分，吾甚爱之"，并说严复"于西学已有窥寻，文笔亦跌宕，其才气横出一世，无甚可意者"。然而待其学成归国，致力于海军教育事业，成绩显著，却仕途颠沛，怀才难遇。严复在天津水师学堂工作 20 年，简单地说，是其从宦海失意到走上翻译之路。大约在 19 世纪 90 年代初期，严复因不受重用，曾有离开李鸿章（1823—1901）阵营，至南方投奔张之洞（1837 — 1909）的打算。严复在 1895 年初写给四弟观澜的信中言："兄北洋当差，味同嚼蜡。张香帅于兄颇有知己之言，近想舍北就南，冀或乘时建树耳。"可惜两人的观念有所差异，尤其是严复在《直报》上发表四篇评论时政的文章之后，张之洞大怒，命御史屠仁守在《时务报》撰文反驳。其后，严复私下称张之洞是"妄庸巨子……恐此后祸国即是此辈"，并公开反驳张的"中体西用"论。张、严二人关系遂破裂，前议不果行，严复继续留任北洋水师学堂。

而在北洋水师学堂，严复从 1880 年担任"洋文总教习"开始，十三年后方升到四品的"总办"。就仕途而言，并不顺遂。他考不上科举，又不受顶头上司李鸿章的重用，甚至投奔张之洞的愿望也落空了；后来他因声名日上，受到光绪帝的召见，却不蒙提拔，一直只能"拥皋比"（教书）而"不官"。在教学上，尽管教出一个民国大总统黎元洪，但严复似乎也不是很成功，有学生觉得他的教学枯燥无味，他自己也觉得没有成就感。1918年，他在写给友人熊纯如的信中说："复管理十余年北洋学堂，质实言之，其中弟子无得意者。伍展扆（光建）有学识，而性情乖张。王少泉（劭廉）笃实，而过于拘谨。二者之外，余虽名位煊赫，皆庸才也。"

在仕宦、教学两不得意之下，严复心情之落寞可想而知。他的挫折感也来自他所构思的改革方案与当时多种看法格格不入：他一方面反对下层社会的暴力运动（如义和团）以及知识分子领导的种族革命，另一方面也不赞成张之洞的保守作风与康有为、梁启超的改革。这些因素都逼使他调整人生的步调。幸好他在准备科考以及与名士的过从之中，体会到中学的堂奥，再加上他对西学的熟稔，使他能"总中西二学"。

严译背后的文化危机

1895年之后，严复走向翻译之途，一方面由于长期以来他于外在世界屡遭挫折，胸怀大志又无从施展，只好退居书斋，"逐译自娱"，但另一方面，直接原因则为甲午战败，清军溃不成军，师友、学生丧命疆场，使严复受到了强烈的刺激。

这也是他们那一代人所面临的最大的文化危机。国难当头，在中国面临着亡国灭种的危急关头，1895年严复在天津《直报》上连续发表了《论世变之亟》《原强》《辟韩》《救亡论决》等一系列政论文章，系统地阐述了对西洋的精深认识，猛烈抨击了封建专制主义，对中国的时局作出了深刻而犀利的解剖。他认为，中国要想救亡图存、强国富民，必须变法，提出了"鼓民力、开民智、兴民德"的改革主张和救国方案。"鼓民力"主要是禁食鸦片与禁止缠足；"开民智"主要是废除八股，大兴西学；"兴民德"主要是在京师创设议院，地方各郡县民主选举行政长官，其实质是废除专制政治，实行宪政。

严复无疑在翻译工作之中找到新的挑战与寄托。他在与张元济的通信中多次谈到翻译工作之艰辛：

复自客秋以来，仰观天时，俯察人事，但觉一无可为。然终谓民智不开，则守旧维新两无一克。即使朝廷今日不行一事，抑所为皆非，但令在野之人与夫后生英俊洞识中西实情者日多一日，则炎黄种类未必遂至论胥；即不幸暂被羁縻，亦将有复苏之一日也。所以屏弃万缘，惟以译书自课……弟近灰心仕进，颇有南飞之思；欲一志译书，又以听鼓应官期会簿书累我。适宜居平自忖，谓南中倘得知我之人月以一洋人之薪待我，则此后正可不问他事，专心译书以饷一世人。

复近者以译自课，岂不欲旦暮奏功，而无如步步如上水船，用尽气力，不离旧处，遇理解奥衍之处，非三易稿，殆不可读……复今者勤苦译书，羌无所为，不过闵同国之人，于新理过于蒙昧，发愿立誓，勉而为之。

这些均可以反映出严复投身翻译工作的决心与志气。

这里需要说的是，翻译活动并不是纯客观的语言转换，也不是一个机械的解码和编码过程，而是涉及语源和语种两种文化。尤其是涉及译者和译入语文化语境中诸多复杂因素的交互行为，如译入语文化语境里的翻译与权力、意识形态、翻译赞助人以及诗学观念等。所以翻译是一种文化和政治的行为。严译名著都是经过精心挑选的，他在翻译中的删节、增补和改写是有意服务于当时的社会和政治的。严复译书有明确的政治目的，那就是介绍“西学”的精髓，宣传他自己的政治主张，启迪民众共赴救亡图存大业。正因为如此，他选择的都是反映资本主义国家社会、经济和政治制度的社会科学著作，这些书合在一起可以构成一个相对完整的体系。认识到严复不是一般意义上的翻译家而是作为启蒙思想家的翻译家，对于理解严复翻译的价值所在，以及理解他所处的那个时代都是十分重要的。

然而那个时代，译书究非正途。严复的内心深处，还是对自己走入书斋的翻译工作感到怨叹，他尝自言：“自叹身游宦海，不能与人竞进热场，乃为冷淡生活；不独为时贤所窃笑、家人所怨咨，而掷笔四顾，亦自觉其无谓。”对严复而言，书房中的“冷淡生活”终究只是不得已之下的次一选择，他心中真正想要成就者乃得君行道的经国大业。换言之，从官场失意转向翻译工作，与其视之为严复从政治领域转到学术领域，还不如说他以学术工作来从事政治参与，希望能“主文谲谏”、有裨时政。1906年6月20日，严复请郑孝胥写了一副对联挂在书房之中，联曰：“有王者兴，必来取法；虽圣人起，不易吾言。”这副对联，充分反映出了严复企图指点江山的渴望。

私塾教育闻思录

文 / 林宇

弱水三千，只饮一瓢。名曰闻思，实非定论。各尊所见，以俟研求。

——题记

我出生在大别山区的一个小山村。夏天的晚上，村民们都喜欢聚集在打谷场乘凉、聊天。懵懂中听到大人们的过去，现在仍记忆犹新的是他们说的关于私塾的故事，如私塾老师将一张白纸抠一个字那么大的洞，把书蒙上，让学生说出露出的字的周围是什么字；背不出书的要打手板、跪砖头等，而惩罚的地方就是村里的祠堂，阴森森的。儿时的我，对私塾没有什么好印象。

解放后，私塾残留了一段时间，我父亲还上过一阵子。他不时感叹私塾教育即便在今天对于我们仍有其价值，甚至劝我们读读《增广贤文》等他儿时读过的书。我却颇不以为然，信奉“学好数理化，走遍天下都不怕”的真理，即便是后来社会上关于传统、国学、四书、五经、八股等热议声浪滔天。

1984年上初中时，我特别喜欢读鲁迅先生描述自己幼年成长历程的名篇《从百草园到三味书屋》。顽皮的童心童趣，严厉的私塾生活，都给我留下了深刻的印象。偶尔还喜欢模仿一下古板的私塾先生在读书时那种自我陶醉的神态，手抹胡须，面带微笑，满眼清高，摇头晃脑，尤其是一定要将“头仰起，摇着，向后面拗过去，拗过去”，这样才有点老夫子的味道。2010年杭州大学出版社的新书《三味书屋与寿氏家族》勾起了我的少时幽情，急切地通读一遍之后，于三味书屋的情形又多了一层同情和了解。鲁迅先生素厌八股，不喜科举，将百草园看作童年的乐园，而严厉的私塾生活在教育思想、教育内容和教学方法上严守封建教育的要求，是封建教育制度束缚了儿童自由活泼的天性，也毒害了本性正直、质朴的塾师先生。直到近代教育兴起之后，儿童的天性才得以作为以儿童为主体的教育的核心问题，被慎重对待和研究，教育工作者从课程设置、教学组织等方面深入细致地探讨、改革和实验，这一点自然不是那个时代所能梦见的。我们无意苛求古人，却要明了什么才是孩童最可宝贵的，也要知道什么才是为人父母、为人师所最应当呵护的。

有意味的是，一方面鲁迅先生对封建教育制度深恶痛绝，另一方面对三味书屋的塾师始终恭敬，情深谊长。1891 年（清光绪辛卯年）鲁迅 12 岁，到三味书屋从寿镜吾老先生读书，一直学到 17 岁。在绍兴时，凡逢年过节鲁迅循俗执弟子礼，常去拜望老师。后来外出，亦音信不断。《鲁迅日记》对此有详细记载，读者自可一览。寿镜吾老先生次子寿鹏飞（即寿洙邻）大鲁迅 8 岁，以县试第一名入泮为助教，并教授八股文，故也是鲁迅的塾师。不久周作人也来到三味书屋，因为学生较多，寿镜吾老先生让周作人跟随寿鹏飞学习。1903 年（光绪二十九年）寿鹏飞由廪生考取癸卯科优贡，次年考取甲辰科朝考一等第一名，获“朝元”称号。周氏兄弟与他一直保持着密切的联系。他见了鲁迅的《中国小说史略》，甚为钦佩，并以“钝拙”的化名贻书鲁迅，指出书中所说滦阳辖属于奉天，应为辖属于热河。鲁迅即予更正，并说“钝拙先生未尝一面，贻书匡正，高情雅意，尤感于心”，却不知“钝拙”即当年的塾师。此事详见《鲁迅日记》（1925 年 5 月 9 日）、《中国小说史略》（再版附识）和寿洙邻《我也谈谈鲁迅的故事》。据寿洙邻的内侄曾寿昌回忆，他在 6 岁时也拜寿镜吾老先生为师，正值鲁迅从日本游学归里，鲁迅还在三味书屋教他《孝经》一章。

长大之后我有空就喜欢逛逛书店、书市，满眼的“三百千千”等蒙学、国学书籍引起了我的注意。碰巧的是，今年夏天我从友人处得到一套清同治四年刻本《四书正本》的复印本，让人耳目一新的是四书前面的内容。

作为私塾教材，编者以朱熹集注为宗，字大行稀，半叶 9 行 17 字；注亦单行，唯小字而已。天头有难字注音，然甚阔，便于批注。开篇前有古代历史文化辅助读物，其主要内容包括三十张图、四书句辨和字辨。图有上古三代图、西周地理图、东周地理图、天文图、律吕图、古代沟洫图、射礼图、衣裳图等。“四书句辨”主要将四书中相似的文辞和文句一一列举，下附注某书某章。“字辨”的主要目的是让学生能认、会写正字，每一正字下附一别字，正字大别字小，正字笔画粗重，别字则瘦小。

我当时读到这本私塾教材时，感到前人读书很认真、特别细致。在凡例部分，编者特别指出，有些地方在讲解时不但望文生义，而且对于自己根本不懂的正文也任意涂抹删削，积非成是，影响劣恶，甚至一些四书的刻本也存在着正文被删削的问题。鉴于此，编校者特别自负地强调，此书的刻、印、纸、墨方面称不上最上乘，编、校的质量倒是最让自己得意的。这透露出编校者取名“正本”的用心所在，一则四书的文义注解以朱注稳正，二则四书的文辞要全，字词句要无差错，要用正字，不能用错字、别字。尤其是看到句辨部分将相似句一一列举，感到私塾教育真严格，读书扎扎实实。因为相似句的句意可能一样，也可能有别，所谓辞近义未必近。这一点往往为初学者忽视。为了倡导一丝不苟的学风，《四书正本》不惜工纸，将四书中的相似句一网打尽，用心良苦。编者、刻工、后学于此识得一个“敬”字，全享朱子之泽。

无独有偶，福建人民出版社也出版了《宋刊论语》一书。该书全称为“监本纂图重言意互注《论语》”，属影宋元闽刻丛书。此书牌记曰：据宋刘氏天香书院刻本影印，原书版框高二十点五公分，宽十三点一公分，其中残缺部分据元相台岳氏荆溪家塾刻本论语补。则此亦为国定家塾教材也。

宗瑛先生在对“纂图重言意互注”之宋版书研究中认为，“在内容撰写形式上，‘纂图’指书前附有图像、图解或地图等，作为书之辅助内容。这些图谱对于读者更加直观、简要地理解该书较有帮助”。《宋刊论语》的杨守敬跋语称，书前“有鲁国城里之图”一页。他还说，“着重标明‘监本’者，应多是为了增加该版本的权威性，以吸引学子购买”。按：南宋国子监所刻书并非都是本监所雕，很多是本监校勘后下各地镂版。《宋刊论语》即为刘氏天香书院刻。他认为所谓“重言重意互注”，即“以椭圆墨色或白文‘重言’、‘重意’标示出各章重出之句和句意相近者，在椭圆墨色或白文‘互注’下，取本书或他书中意思相同、相近或相关的词句加注在本文之下，以相互对照启发。目的是便于学子翻检、阅读”。

合《四书正本》与《宋刊论语》两书观之，在编辑体例上确有相似之处，如书前都有图解为读书之一助；都列出重出之句和句意相近者；都对疑难字注音。但也有一些值得关注的不同之处。

一、《四书正本》图达三十张，注重从历史文化层面来学习古代经典，而非仅为科举而设。《宋刊论语》书前仅“鲁国城里之图”一叶，似简陋。

二、“句辨”是相似句聚集在一起置于书前，有专题意义，引起学童读书当精心，辞近并不意味着意必近，若逐一讲求可训练心思细密的优良质量。那种有漫不经心的毛病的人读此书受益当不小。而“重言重意”则分列原文各句之下，是注文的有机组成部分。一综一散，各有千秋。

三、《四书正本》无“互注”，一以朱注是从，可见宋学影响之深远。其“字辨”，注意学童基本功。《宋刊论语》无“字辨”，有“互注”，即“以经证经”，注重贯通群经大义，互相印证各说。此书当为学经之高级阶段读物。

四、《四书正本》注音一本集注，集注所无而确需注音者在天头上注出，以便初学。《宋刊论语》虽出在集注流行之后，尚能存古，并无汉宋门户之见。如注音往往标明姓氏，读之可明谁家之说，含考镜源流之功用。此处可见《四书正本》意在明朱，《宋刊论语》意在通经。

五、版式上《四书正本》半叶9行17字，注亦单行，而《宋刊论语》每半叶10行18字，小字双行24字。《四书正本》字大行稀，节省目力，极便初学。

纸上得来终觉浅，道听途说难为凭。以上这些或出于传闻，或来自书籍文献资料，要是能够从读过私塾的人了解当时的真实情形，那该有多好啊！

一个偶然又难得的机会，我结识了耋耄之年的中科院资深研究员周景良先生。周景良先生出身建德周家，是周叔　先生的哲嗣。诚如众知，建德周氏是一个在中国近世历史上留下深刻印记的家族。自第一代周馥（1837 – 1921）出任封疆大吏始，五世馨香，形成了一个文理并重、中西交汇、百花齐放式的学术大家族。周家实业庞大，学术成就更是辉煌，拥有的学问大家不下二十余人，其中不乏世界级专家。景良先生于 1945 年先入辅仁大学，旋入燕京大学，1946 年转清华大学哲学系，1950 年毕业，再考入北京大学物理系；未毕业即被抽调组建新成立的地质部，后被选派留苏，在苏联科学院晶体研究所从事研究工作。回国后任中科院地质研究所研究员，是我国最早使用电子衍射进行晶体原子结构分析的人。时人赞道："景良先生性情恬淡，待人接物，笃实不华而自有光辉。受家庭熏陶和影响，崇尚智慧，又颇为好古。对新科技、新事物，他表现出浓厚的兴趣，能与时俱进；而对于版本目录、金石书画、国粹京戏等，又有很深的造诣，休闲时以此为乐。在他身上，有传统读书人的敦厚朴实，也有科技工作者的理性、敏锐和深刻。"

周家重视教育，认为"当以诗书培其脉，以勤俭植其基"。景良先生 1928 年生，自然受到过良好的私塾教育。于是我将心中郁积已久的几个问题全盘吐出，向周先生求证一二。

问："常言说，书读百遍，其义自见。您在读私塾期间，老师真的让读一百遍吗？"

答："我小时上的私塾是家塾，大人把老师请到家里来。从《三字经》读起，读过《孝经》，后读《论语》，再后来就去上小学了。其他的也记不太清了。就读《论语》来说，老师一天讲一章，有时也不怎么讲解。像《论语》第一章'学而时习之，不亦乐乎？'每一章前有一个大圆圈。老师第二天讲第二章，让背诵第一章。每天讲一个圆圈，背诵以前学过的圆圈。全书学完，都要能通背下来。"

问："那老师打手板吗？"

答："那倒没有。有个手板也就是能起到一点吓唬的作用。"

问："我看书上说，古代私塾里老师有个表格，背一遍书就画一下，有画一百多下的。这是真的吗？"

答："大概是县里或村里的，学生太多，老师也难一一记清，或许也有用这个办法的。其实十三经也没多少字。现代人估计是被吓着了。民国时有个军阀叫赵恒惕的，出过《十三经》，每本书有个说明，那不用去管它。书前写有该书多少多少字，总共多少字。其实下来也没多少字。

"古书背熟，受益无穷。杨树达在他的日记（叫什么名忘了），记了一件事：一天收到胡适来信，说杨树达你讲诗经有一处把词性讲错了，还举了三条书证。杨树达立即回信，举了八条。胡适看后拿着信对学生说，自己讲错了，杨树达是对的。老辈人书记得很熟，受用无穷。现代人反对背书，我不赞成。当然也不是光把书背熟就行。"

问："那您学过八股没有？"

答："没有。我在私塾只待过几年，然后就上小学去了。念的那点还不够。我大哥一良学养深，他受的教育比较完整。他们都养成了背诵的习惯，受益无穷。"

我后来得知周先生之兄周一良先生是中国著名的历史学家，1913 年生于山东青岛。他 8 岁入塾，习经、史、子书，后加日文、英文。周一良先生对日本史和亚洲史造诣尤深，新中国成立后，创设亚洲各国史课程，培养了一批亚洲史及日本史的教学和研究人才。

历史的经验，成功的教育事实，以及当前大家对优质教育的急切期盼，让我们看到似乎古代的私塾教育有独到的一面——熟能生巧，这应该是一条颠扑不破的真理吧。可是大家不是众口一词地反对死记硬背吗？无论如何我们应当看到，如果因为反对死记硬背而反对记忆，其结局就是走向失忆。这个严重性的后果该由谁来负责呢？失忆带来的苦果该由谁来品尝呢？

以上就是我所知道的私塾教育中有关教师、教材和教法方面的一些情况，我也深深知道这仅仅是私塾历史状况的冰山一角。著名教育家陈侠在论述教育规律时说："任何事物和现象都不是孤立存在的。特别是教育，它反映一定社会的经济和政治的要求，并跟文化、科学等各方面有密切的联系；它跟教育者、受教育者、社会团体、校外教育机关、家庭等多方面都有直接的关系。"遗憾的是，关于私塾的研究并未引起一般民众的注意，而对于其内在规律的揭示则更是一个空白。

关于私塾本身以及相关的话题还有很多，如私塾的名称、级别和种类，私塾作为一个教学场所其空间位置、环境、设置、变迁，私塾的师资来源、学生来源、经费来源，学生入学的年龄以及在学时长，分年课程表，授课时间表，私塾所允许与所禁止的读书范围及私塾藏书书目，私塾的主要教学活动、教学目标、教学宗旨，塾师与塾主、塾生的关系，私塾的雏形、兴起、发展、壮大以及衰落、消亡历程，私塾与书院的关系，私塾与科举的关系，各种笔记、文章、期刊、著作、教育史料对私塾情形的记载、著录、统计和研究等。我们要想不断丰富对私塾的认知，还有待于新的私塾史料的进一步发现和集结，有待于政治史、经济史、教育史、文化史、各地方志、文献学史等方面的进一步研究，有待于有心人群的关心、支持和不懈努力。

令人大惑不解的是，一方面现代教育方兴未艾，另一方面消失已久的私塾大有复燃之势。据有关资料，目前私塾已经在 70 多个城市开业，或谓读经学生已过百万之众。甚者言论唬人，如这种现象是“国学迷恋者的精神返祖”，也有称之为“民族传承的精神纽带”，还有“天堂”的笑声“以草根的力量挑战缺憾的现代教育”。对于这些光怪陆离的说法和做法，我不敢苟同，亦不辨其是非曲直，因为我要把自己宝贵的时间和精力放在对私塾“史”的考察上。

庆幸的是，私塾教育研究的有心人还是有的。舒新城的《近代中国教育史料》就收录了《私塾改良会章程》一文，这是一篇“废科举、兴学校”时代的著名文献。通过这篇文献我们可以清楚地看到，当时的仁人志士为了中国现代教育如何呕心沥血，如何为私塾的前途和命运指明一条切实的康庄大道。这篇由当时的上海私塾改良总会制定并经学部认可颁布的文献，对私塾的现实价值做了最充分的估价，认为“普及教育着手处在广设学堂”，必须“化私塾为学堂”，即便面临“国力经费不足”、“人民程度及教员数量不足”的现实，再三再四强调“私塾黑暗之陋习不能坐视不救”。这种呼声，不是一个人两个人，也不是某个地主或资本家的呼声，而是千年来受摧残孩童的呐喊，是有良知的大众呼声，是新时代的潮流，是现实的客观要求。

著名漫画家丰子恺先生曾画过一幅描述私塾生活的漫画，其题词曰：“关进书房耐寂寞。”儿童的天性在书房中被关着，还要接受并被麻醉而不能解放出来，难道这种教育形式不该被批判，不该被摒弃吗？不少私塾矗立于田园乡村美景之中，而私塾生活对儿童来说绝不是一首浪漫的田园诗！更可怕的是，即便在私塾改良时期，不仅如此体罚之风盛行，而且还得到社会的认同。清宣统二年（1910）绍兴《遵部改简易积字学塾规约》，对有违塾规的学生明文规定，塾师可以“初令面壁思过，冀其自新。倘仍蹈故辙，即以体罚继之，或责手心，或命长跪，但不可挞其头颅，以致有伤脑筋”。打头的事在此之前有没有发生过，在此之后还会不会发生，不必费力去调查和考证，会心的读者自知之。

周启明（即周作人）在《鲁迅的青年时代》中讲了一件鲁迅在三味书屋外面的故事。离三味书屋不远处有一个名为“广思堂”的私塾，所请塾师腐败，“痛打长跪极是寻常，又设有一种制度，出去小便，要向先生领取‘撒尿签’，否则要受罚，这在整饬而自由的三味书屋的学生听了，自然觉得可笑可气。后来又听那一个同学说，家里有小孩在那里上学，拿了什么点心、‘糕干’或烧饼去，被查出了，算是犯了规，学生受责骂，点心则没收，自然是先生吃了吧？大家听了这报告，不禁动了公愤，由鲁迅同了几个肯管闲事的商家子弟，乘放午学的时候前去问罪，恰好那边也正放学，师生全不在馆，只把笔筒里的好些‘撒尿签’全都撅折了，拿朱墨砚台翻过来放在地上，表示有人来袭击过了”。

记得我上初二时，有一天一个学生没能将老师要求背诵的概念完整正确地背出，老师气急之下揪住该生的耳朵，将他整个身体像提溜小鸡一般从讲台下提到讲台上，还用劲拧，以致鲜血直流。当时我们都很惊骇，但至今好像不记得他有什么反抗的言行和表情。这种恐怖的记忆大约不是那些鼓吹“复兴传统文化”者所能体味的。

《私塾改良会章程》还提到了设立师范讲习所、筹措经费等解决师资和办学经费等问题，以及私塾教材、教法等方面的改良办法。教材以新书优先，再教四书。更新课程折射出社会需要在变迁，这也是对私塾教育“大抵重于造儒士而忽于教国民”，在具体教学目标上的矫正。“手工业社会国民需要的生活知能极简单，而工商业社会国民需要的生活知能颇复杂，故课程需彻底变更。”“君主专制时代，忠君、尊王思想是第一需要；民主共和国家则需要有自治能力和平等精神的国民，故而国民科、修身科应运而生。”在教法方面，“重讲解不重背诵”被列为改良之法的头条。对于“讲解”与“背诵”的轻重、先后、主次关系历来争议最多，我比较倾向于著名教育家潘懋元先生的主张，他认为“背诵，在语文教学上必要的、合理的，但却不是‘死背’，而应当‘活背’，在理解的基础上记忆。数量上应当有所限制，内容上应当有所选择。”这一主张合理吗？还可以适用于其他学科吗？教育教学实践的检验说了算。

值得注意的是，在新文化运动时期，叶圣陶先生的《小学的改造》一文专门研究了早期教育问题。逐一剖析以前小学教育的立足点、训导方式、教授方式和管理方式，探究了以前小学教育的用书制度和教室制度，将其利弊一一辨析，提倡一种有价值、有意义的小学教育，追求“圆满的、普遍的、永久的快乐”。就目之所及，我奉这篇文章为我国自古至今在早期教育方面的最高研究成果。按照作者的研究，以前的小学教育的最大弊端在于，私塾把儿童“活动的心性和丰富的兴趣，白白地埋葬在教室和书籍里头了”；在用书制度上颠倒了书本知识和社会知识的关系。而在实际上，事物才是“主”，书籍只是“宾”。儿童的生活本质上也是一种社会生活，作为主体的儿童，他们的生活是一贯的、连续的，小学生活只是其一部分，是其以后生活的基础。只不过与其他生活相比，学校生活是系统的、更有价值的、改进的社会生活，它的特征是知行合一，修养、生活合一。叶圣陶先生早期做过十年的小学教师，又生处大变革之时，他的观点值得今天关心早期教育的人们耐心品味。

典策时光

典策时光

典者，经籍也，其雅章之美芳泽无加，铅华弗御；策者，方略也，其法道之精修齐治平，经世致用；时者，四时也，春夏秋冬，轮转不休；光者，三光也，日月星辰，变幻无穷。

“典策时光”品牌由国内专业的国学传播机构“国学网”与锐意进取的人民邮电出版社联袂创立，旨在通过集结中国最优质的文化与创意资源，彰显出版艺术价值，探索一条传承中国优秀传统文化的创新之路。

千里不辞行路远，时光早晚到天涯。“典策时光”与其说是一种读书的选择，不若说是一种生活的态度，籍一缕书香，燃一盏心灯，品质阅读，格调生活。

典策芳泽，浸润时光。

鸣谢

孟繁之
孙　磊
王学锋
张　欣
张　愉

感谢刘刚先生为书名题字

书籍设计：后院工作室、何晓霖、唐然、胡萍丽

图书在版编目（CIP）数据

后沙：旧事 / 唐然主编. -- 北京：人民邮电出版社，2015.6
ISBN 978-7-115-37401-1

Ⅰ. ①后… Ⅱ. ①唐… Ⅲ. ①回忆录－中国－当代 Ⅳ. ①I251

中国版本图书馆CIP数据核字（2015）第087970号

主　　编　唐　然
责任编辑　胡萍丽
执行编辑　金　蕊
责任印制　方　航

人民邮电出版社出版发行　　北京市丰台区成寿寺路 11 号
邮编　100164　　电子邮件　315@ptpress.com.cn
网址　http://www.ptpress.com.cn
北京信彩瑞禾印刷厂印刷
开本：889×1194　1/32
印张：9.5　　　　　2015 年 6 月第 1 版
字数：203 千字　　　2015 年 6 月北京第 1 次印刷

定价：69.00 元
读者服务热线：（010）81055430　　印装质量热线：（010）81055316
反盗版热线：（010）81055315

旧事

3
4
5
6
软体动物和环节动物
1.蚂蟥　2.蚯蚓　3.沙蚕　4.蚌　5.蜗牛　6.田螺

1
2

地球的构造 1. 地壳 2. 地幔 3. 地核

1
2
3

4

四季的成因 1.春分 2.夏至 3.秋分 4.冬至

4
7
2
1
8
5

太阳系的行星 1. 太阳 2. 水星 3. 金星 4. 地球 5. 火星 6. 木星 7. 土星 8. 天王星 9. 海王星 10. 冥王星

古代鸟类和哺乳动物的起源

始祖鸟

微李树

古代爬行动物

假如幸福的话拍拍手吧(一)

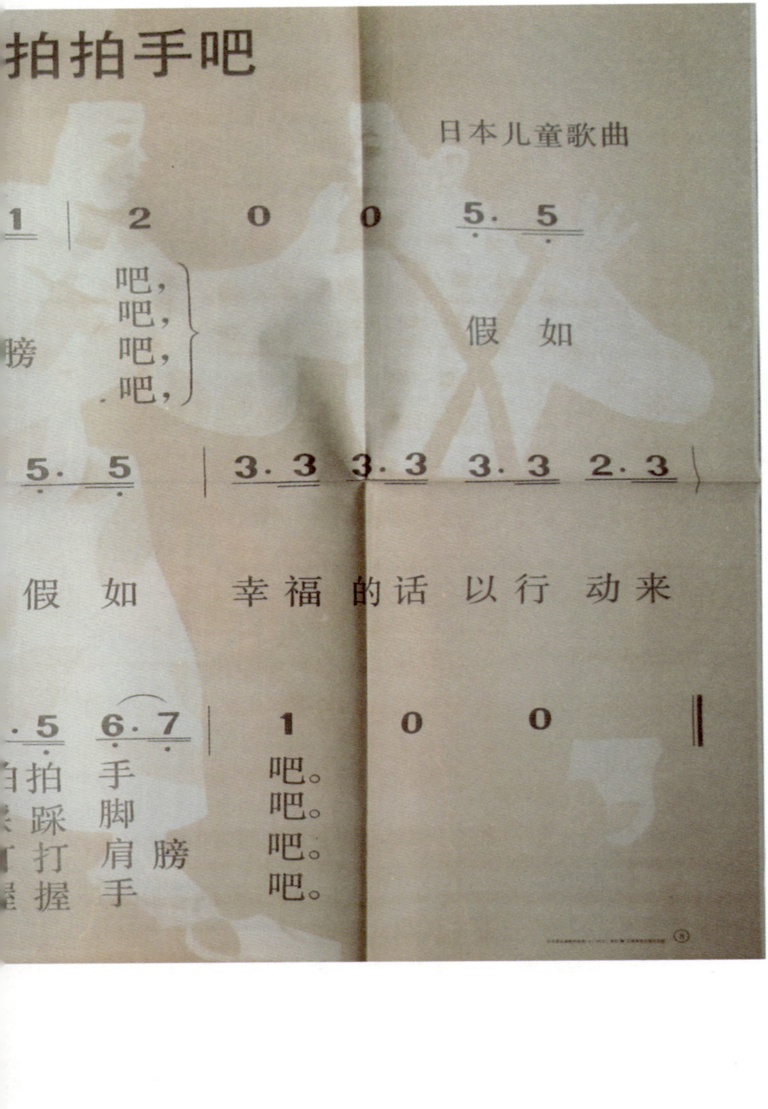

拍拍手吧
日本儿童歌曲
1 | 2 0 0 5. 5
吧，
吧，
膀 吧，
吧，
假 如
5. 5 | 3. 3 3. 3 3. 3 2. 3
假 如 幸 福 的 话 以 行 动 来
. 5 6. 7 | 1 0 0 ‖
拍 手 吧。
踩 脚 吧。
打 肩 膀 吧。
握 手 吧。

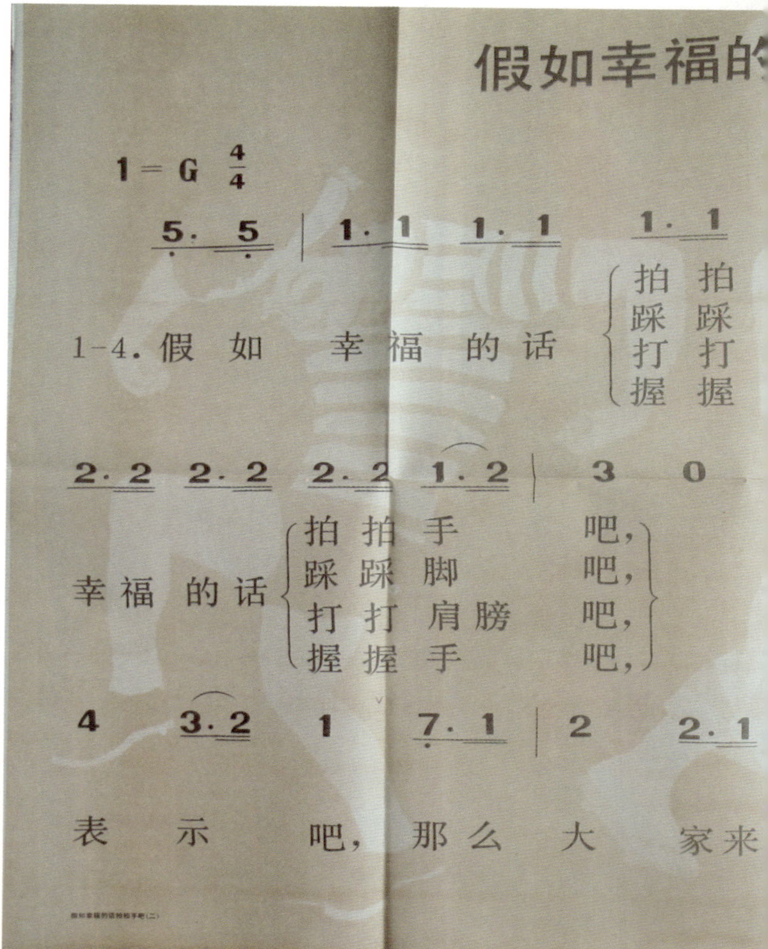

假如幸福的
1=G 4/4
1-4.假 如 幸 福 的 话 拍 拍 / 踩 踩 / 打 打 / 握 握
幸 福 的 话 拍 拍 手 吧, / 踩 踩 脚 吧, / 打 打 肩 膀 吧, / 握 握 手 吧,
表 示 吧, 那 么 大 家 来

中等學校植物學教學掛圖　第一組　植物的形態、生理及生態　第十六幅　米邱林改良果樹品種功績的一斑

鄭　勉編　張守成　俞子才繪

上海新亞書店出版

花粉雜交所生之雜種梨
布瑞・皇家梨樹
(別里・皇家梨樹)(父本)
布瑞・皇家梨
由上種子所生第五株新品種
米邱林・布瑞・冬季梨樹
(米邱林冬別里梨樹)
米邱林・布瑞・冬季梨

节肢动物

1.蜘蛛　2.苍蝇　3.蜈蚣　4.蝎子　5.螳螂　6.蚰蜒　7.虾　8.蟹

4
2
3
1
脊椎动物
1.鱼　2.蛙　3.蛇　4.鸽　5.牛

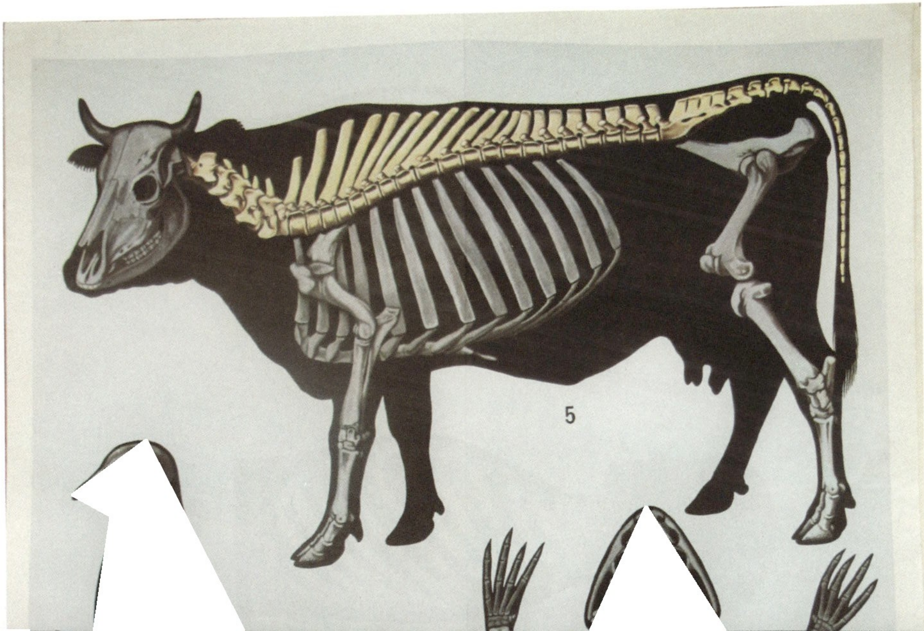
5

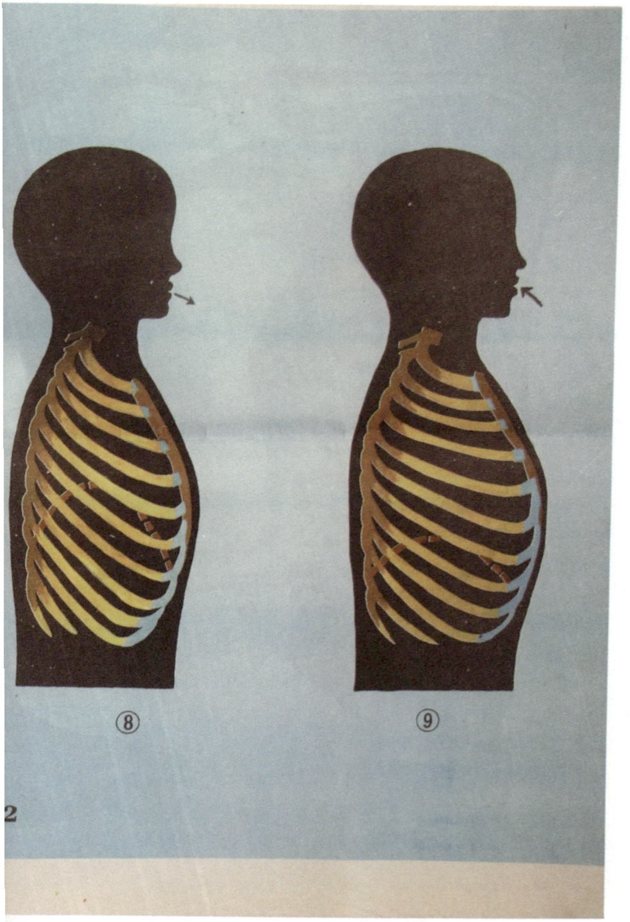

⑧ ⑨

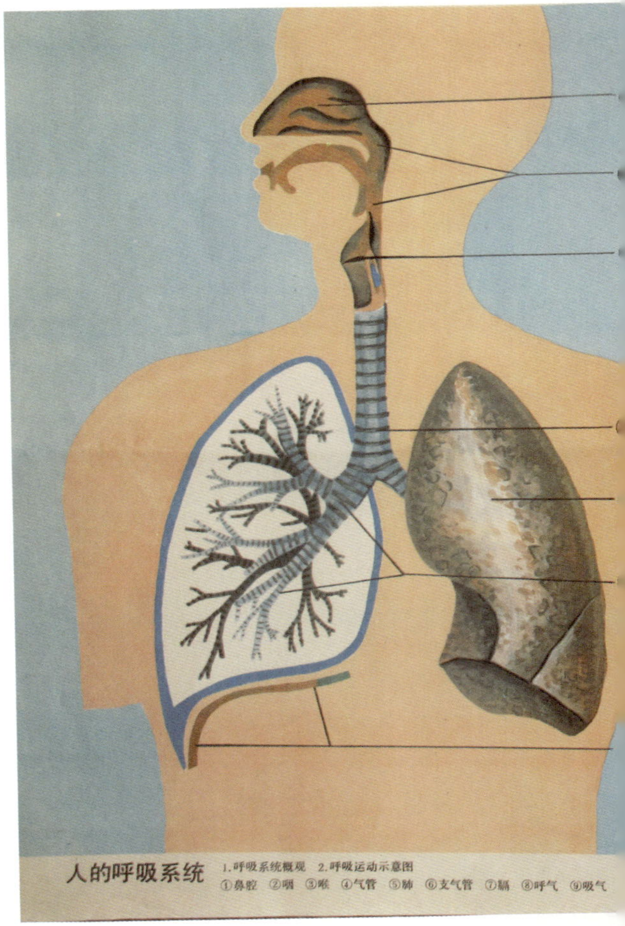

人的呼吸系统　1.呼吸系统概观　2.呼吸运动示意图

①鼻腔　②咽　③喉　④气管　⑤肺　⑥支气管　⑦膈　⑧呼气　⑨吸气

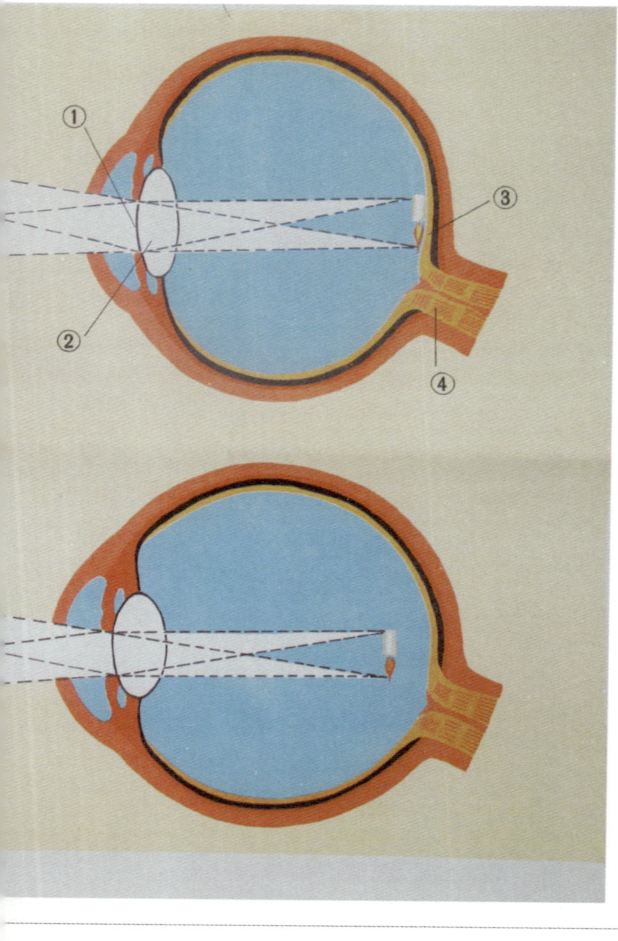

①
②
③
④

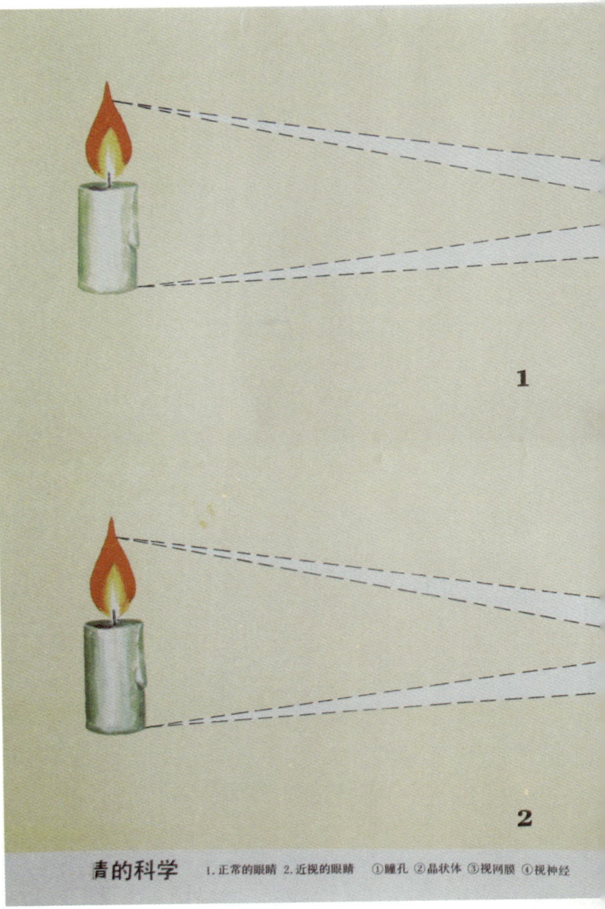

青的科学　1. 正常的眼睛　2. 近视的眼睛　①瞳孔　②晶状体　③视网膜　④视神经

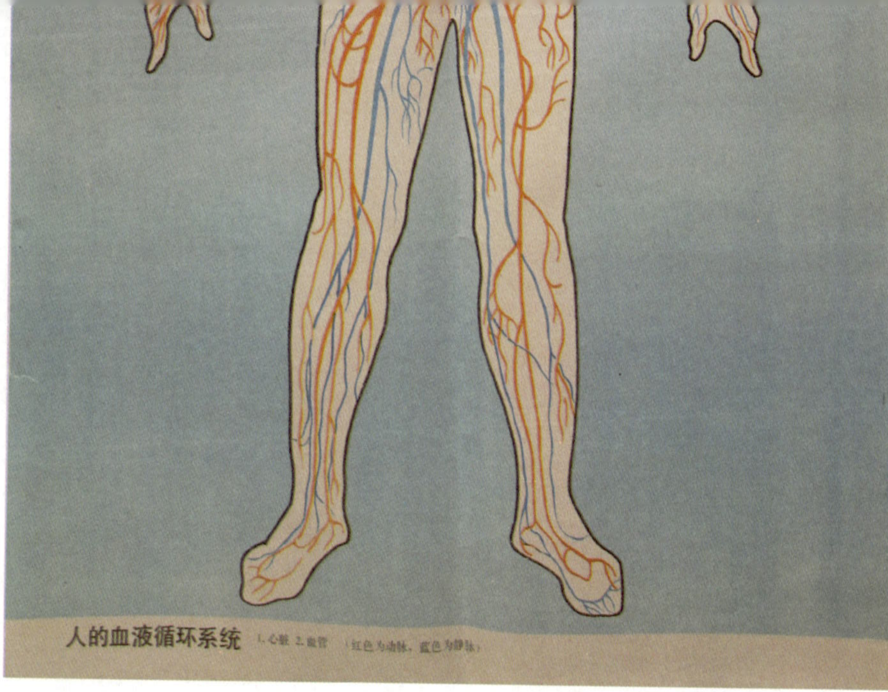
人的血液循环系统 1.心脏 2.血管 （红色为动脉，蓝色为静脉）

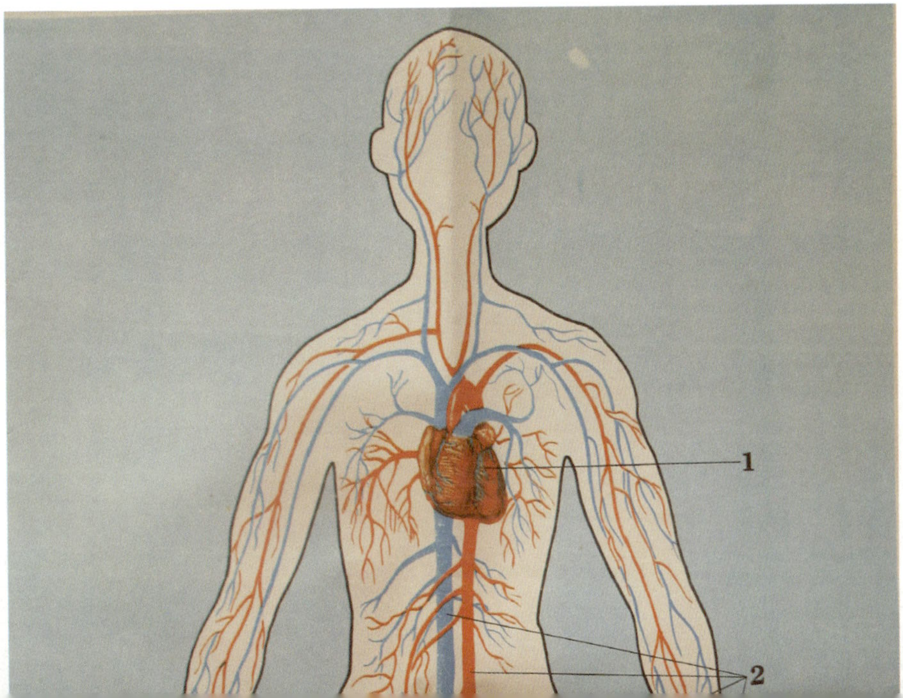
1
2

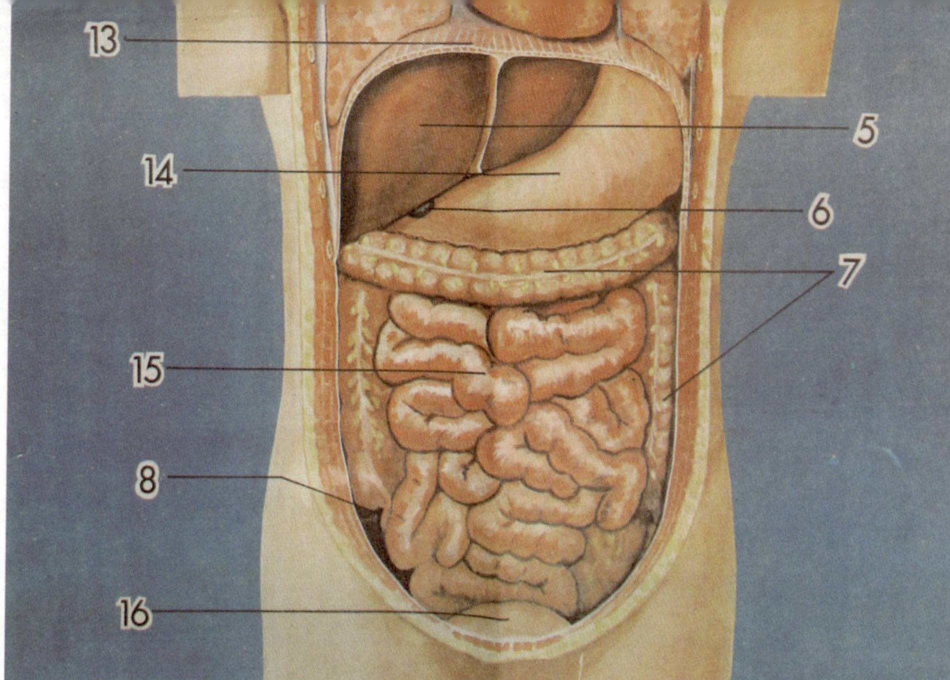

人的内部器官 1．喉 2．气管 3.上腔静脉 4．右肺 5．肝 6．胆囊 7．大肠 8．阑尾 9．甲状腺 10．主动脉 11．肺动脉 12．心脏 13．膈 14．胃 15．小肠 16．膀胱

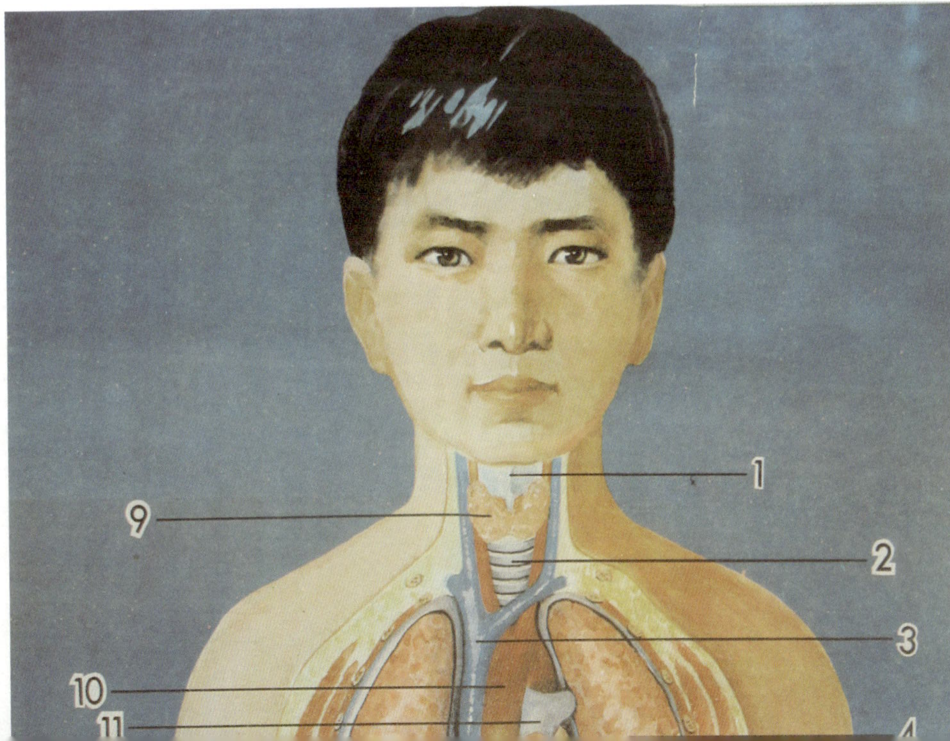
1
9
2
3
10
11
4

那些年，我们一起追过的挂图

挂图，是教学的“道具”之一。在课堂上的主要用途是直观地印证、解释课文的某些内容。

我们把部分收集的老挂图夹在这本笔记里，跟大家一起回忆那些年的课堂时光。

奋斗吧！骚年～